序章

懐かしい男

序章「懐かしい男」

世界暦三三〇六年　第四の月　二十二日

この惑星《わくせい》には、大きな大陸が一つだけある。

ジャガイモのような楕円《だえん》形で東西に広がる大陸は、その中心部を、大河と大山脈に別《わか》たれていた。

大陸南の大砂漠地帯から、中央部まで伸《の》びるのが、〃中央山脈〃。

標高にして一万メートルを軽く超《こ》える、峻険《しゅんけん》な峰々《みねみね》の集まり。

その中央山脈から、大陸等分の役目を引き継《つ》ぐのが、世界最大の大河、〃ルトニ〃。

この惑星で、人類は山脈と大河に分けられて、左右の陣営《じんえい》に分かれて暮らしていた。

左右で独自の文化が発達し、連邦《れんぽう》と連合が成立し、幾度《いくど》となく争った。

しかし、とある歴史的発見から、東西大戦争の危機は去り――、
数億の人間が、それぞれの悩《なや》みや喜びを抱《かか》えながら、この大陸の上で今も生きている。

「お前さんに、悩みがあるとは到底《とうてい》思えないけどね！」

顔中に皺《しわ》を刻《きざ》み込《こ》んだ老婆《ろうば》が、力強い口調で言い切った。

「ひでーな、バーちゃん！　こう見えても、結構いろいろと思い悩み、また考えてもいるんだぜ？　俺《おれ》は」

顔に髭《ひげ》を生やした男が、サラリと言い返した。

二人は、絨毯《じゆうたん》の上にいた。

分厚い羊の毛で編まれた絨毯。曲線と直線を複雑怪奇《かいき》に幾重《いくえ》にも重ねて、そのモチーフは、もはやなんだか分からなくなっている。

そこは、まるで納戸《なんど》のように狭《せま》い部屋だった。壁《かべ》や天井は一面黒く、窓《まど》はなく、灯《あか》りは豆電球一つと、実に薄暗《うすぐら》い。

そんな中、老婆はクッションの上に胡座《あぐら》をかき、小さな体をさらに小さく見せていた。

やはり模様が怪《あや》しい、布をただ重ねただけのような、だぶだぶでよれよれの衣服を纏《まと》っていた。

わずか五十センチほど離《はな》れて対面するのは、髭面の男。

運動選手のように、体つきは引き締《し》まっていて逞《たくま》しい。やはりクッションの上に胡座をかいているが、老婆との対比は、まるで大人と子供のようだった。

あちこちが擦《す》れた、赤と黒のチェック柄《がら》のシャツを着て、やはりあて布だらけの、使い込んだジーンズを穿《は》いている。ウールの靴下《くつした》の指先が一箇所《かしょ》破れていて、爪《つめ》が見えていた。

濃《こ》い茶色の髪《かみ》は無造作に切られ、後ろへと流されていた。

顔つきは、精悍《せいかん》過ぎず、軽薄《けいはく》過ぎずと、決めづらい印象がある。口の周りで無造作に伸《の》びる髭《ひげ》のせいで、年齢《ねんれい》すら分かりにくい。四十代にも見えるし、三十代にも見える。

「〝考えている〟？　――例《たと》えばどんなことを？　言うてみ」

老婆《ろうば》が、実に不機嫌《ふきげん》そうな顔で聞き返した。

えーと、と返事に詰《つ》まる男に、老婆は畳《たた》みかける。

「もう三十路《みそじ》も半ばだっていうのに、自称《じしょう》〝冒険家〟として世界中を遊び歩いているだけのお前さんが、どんな考えの下《もと》で生きているのか、アタシは知りたいね」

男は、頭の後ろをボリボリと掻《か》くと、ばつの悪そうな顔で話題を変える。

「バーちゃん。バーちゃんは学校教師じゃなくて、占《うらな》い師だろ？　俺《おれ》は占ってもらいに来たんだぜ？」

「そりゃあ金さえ出せば、なんだって占ってやるけどね。じゃあそのお金は、どこから出てる？　実家のご両親からだろう？　この、穀潰《ごくつぶ》し息子が！」

男は、真剣《しんけん》な顔で、首を横に振《ふ》った。

「いやいや、両親からはもう、一ロクだって貰《もら》っちゃいないよ。さすがに、リタイヤした親からはせびれない」

「ほう」

「今は、妹からだ」

「なお悪いわ！　――あの可愛《かわい》い妹さんに、いらぬ苦労をかけるんじゃないよ！」

「いやー、やつは死ぬほど元気だよ？　この前電話したけど、仕事も順調で、毎日バリバリ楽しく頑張《がんば》ってるってさ。まあ、そのへんの家族話はまた今度。――今日はバーちゃんに、どうか俺の、これからの運勢を占ってもらいたい。この先の人生、どう生きるべきなのか。よろしく！」

男が、そう言ってポケットから紙幣《しへい》を一枚、スッと取り出した。

「ふん。〝真面目《まじめ》に仕事を探せ！〟の一言ですませたい気分だけどね！」

「なあに、これから西へ行けばいいか、東へ行けばいいかくらいでもいいさ。実を言うとさ、バーちゃんの占いは、ガキの頃《ころ》からあまり信じてないんだよ、俺」

「東西などどうでもいい。お代はいらないから、今すぐ地獄《じごく》とやらにお行き」

「それはまだいいや。じゃ、よろしく」

男が紙幣を老婆の前に置いた。

「この値段なら、答えは一つだけだね」

老婆は細い手で、それを手に取った。だぶだぶの衣装の懐《ふところ》にしまうと、一度振り向いて、後ろに置いてあったものを手に取った。

「一つで十分さ」

肩《かた》をすくめた男へと向き直って、自分の目の前に置いたのは、水晶《すいしよう》の塊《かたまり》。

それも、人間の頭蓋骨《ずがいこつ》そっくりに彫《ほ》られて磨《みが》かれた髑髏《どくろ》だった。

「うほー、相変わらず悪趣味《あくしゆみ》でたまらん!」

男が子供のように喜んで、

「この腐《くさ》れガキは、見た目以外、ちっとも成長しないね!」

老婆《ろうば》は顰《しか》めっ面で吐《は》き捨てた。

「どれ、しばらく動くんじゃないよ。アンタの、ろくでもない未来を見てあげよう」

老婆は、自分の右脇《わき》にあった盆《ぼん》の上で、小さなお香《こう》の塊に、マッチで火をつけた。薄《うす》く、白い煙《けむり》がたなびき、狭《せま》い部屋を怪《あや》しい匂《にお》いで満たしていく。

続いて、老婆は目の前に水晶を掲《かか》げると、それを睨《にら》んだ。険《けわ》しい顔をして、ブツブツと、破《は》裂《れつ》音の多い、何語なのかまるで分からない言葉を、小声で呟《つぶや》き始めた。

「これこれ、この雰囲気《ふんいき》。胡散臭《うさんくさ》さを際だたせて、客をその気にさせる演出のトリック」

「黙《だま》ってな」

白い煙の中で、呟きが数十秒、あるいはそれ以上の間流れ、

「…………」

お香が燃えつきるのとほぼ同時に、老婆は、音もなく水晶を置いた。

「どうよ？」

男の問いに、

「お前さん、家に戻《もど》る予定でもあるのかえ？」

老婆は鋭《するど》い視線を向けて、問いで答えた。

「ん？　ないよ」

即答《そくとう》した男に、

「そうかい――。それならば別の場所でかね？　〝人に優しくしておけば、懐《なつ》かしい男に会う〟との、お告げが出ているよ」

「へえ……。それは、面白い。実に、面白い」

ニヤリと笑った男に、老婆が、皺《しわ》を歪《ゆが》ませてニタリと微笑《ほほえ》む。

「アタシの占《うらな》いは、あまり信じてないんだろ？」

「〝あまり〟は〝全然〟と同義じゃない。〝たまには信じる〟さ」

「けっ！　まあ、その男に会ったらせいぜい丁寧《ていねい》に対応するんだね。どうしようもない人生送っているアンタのことは、秘密《ひみつ》にしておくがいいさ」

「ちゃんと名乗るぜ！　今の職業は〝冒険家〟ってな！」

「悪いことは言わないから、今からでも、真面目《まじめ》に生きな。体だけは頑丈《がんじょう》なんだから、工夫《こうふ》でも農夫でも働き口はあるだろうよ」

「向いてねぇなー。まあ、いいさ。〝人に優しくしておけば、懐《なつ》かしい男に会う〟か……。楽しみだ！　さて、次は何処《どこ》へ行くかな」

男は、嬉《うれ》しそうな顔で立ち上がると、後ろに置いてあった大きなリュックサックを手に取った。身長の半分ほどはある細長いリュックサックで、テントや寝袋《ねぶくろ》などの野営道具、革製《かわ》ジャケットや鍔《つば》の丸い帽子などが、外側に縛《しば》り付けられている。

「その前に実家に寄りな！　旅先でくたばるんじゃないよ？　サイラス坊《ぼう》や」

「おお！　その名前、久々に聞いたぜ！　そういえば、本名はそんなだったな！」

「お前さん……、じゃあ、普段《ふだん》はなんて名乗ってるんだ？」

「適当さ。その場で思いついた名前を使ってる。その前に会ったヤツの名前をもじったり、そのまま使ったりな。思いつきとは、〝関連〟から来るモノだろ？」

「……呆《あき》れたね。たまには、本名で呼び合える相手と話し合わないと、自分を見失うから気をつけな」

「バーちゃんみたいにか？　俺《おれ》、バーちゃんの本当の名前、知らないぜ？」

「…………」

「それもまた、人生さ。ありがとうよ、バーちゃん。懐かしかったし、楽しかった。またな」

「お前さんが次にここに来るときは、アタシは墓の下だよ」

「嘘《うそ》こけ。バーちゃんはあと二百年は死なねーよ！」

サイラスと呼ばれた髭《ひげ》の男は、リュックを右肩《かた》にかけて、暗く狭《せま》い部屋から、カーテンを抜《ぬ》けて出ていった。

一人残された老婆《ろうば》は、

「ふっ。懐かしい男と会うのは面白いもんだ」

そう小さく、微笑《ほほえ》んで独り言を呟《つぶや》いた。

第一章

アリソンとヴィル

第一章「アリソンとヴィル」

第四の月、二十六日。

ロクシアーヌク連邦《れんぽう》の首都空港は、冷たい雨の中にあった。

寒く、記録的に雪が多かった三三〇六年の冬は終わったが、この日の気温は低い。

まだ朝の早い時間、絹糸のような細い雨が、静かに滑走路《かっそうろ》を濡《ぬ》らしている。

コンクリートで固められた長い滑走路と、それに並行《へいこう》する誘導路《ゆうどうろ》。そして、誘導路の脇《わき》に広い駐機場《ちゅうきじょう》。そして、平べったく建てられた、空港ターミナルビル。

首都の空港とはいえ、そこには鉄道の駅のような、派手さや豪華《ごうか》さはない。滑走路などは空軍基地との併用《へいよう》なので、どこか素っ気ない雰囲気《ふんいき》を漂《ただよ》わせている。

機体の高性能化が進み、ロクシェの端《はし》から端まで一日で飛べるようになっても、旅客の主役は鉄道だった。飛行機は一部の金持ちや、物好きの乗り物だった。

閑散《かんさん》としたターミナルビルに、二人の男女が入ってきた。

一人は、紺《こん》色のスーツ姿で、茶色のトレンチコートを羽織《はお》った男性。三十代中頃《なかごろ》で、短い黒《くろ》髪《かみ》。縁《ふち》なしで楕円《だえん》の眼鏡《めがね》をかけて、学者のような物静かな顔立ちをしている。手には、黒いアタッシュケースが一つ。

もう一人は、長い金髪《きんぱつ》を結《ゆ》い上げた女性。年は同じくらいか。晴れた空のように蒼《あお》い瞳《ひとみ》に、勝ち気な容貌《ようぼう》を見せる。ラフなジーンズを穿《は》き、臙脂《えんじ》色のセーターを着て、革《かわ》製のジャケットを羽織っていた。荷物は、肩掛《かたが》けの布製バッグが一つ。

二人は、一番広いロビーの真ん中で立ち止まる。

「もうここで。見送りはいいよ、アリソン。飛行機が、時間通りに出る保証はない」

男が、優しげに言った。アリソンと呼ばれた女性が、残念そうに返す。

「確かに。雨で出発が遅《おく》れるかもね。わたしも、まだ仕事が残っているし……」

「始末書？」

「始末書。さすがに、別の部隊の攻撃《こうげき》機を強引に使ったのはまずかったかなー。ま、おかげで娘《むすめ》も王子様も救えたんだから、気にしてないけど」

ここまで言ってから、アリソンは、チラチラと左右を確認した。誰《だれ》にも聞かれないことを確かめてから、

「一昨日《おととい》、ウチの娘の口座にとんでもない金額が入っていたんだけど、あれって、やっぱり、〝お姫様〟からのプレゼント？　振《ふ》り込《こ》みは、聞いたことがない会社の社長さんからってことになっていたけれど」

声を潜《ひそ》めて、そんな質問をした。男が、静かに頷《うなず》く。

「もう入っていたのか。情報は来てる。〝お嬢様《じようさま》〟と、そのご家族からの〝見舞金《みまいきん》〟扱《あつか》いだぞうだ。〝娘《むすめ》さん〟は、ちょっとした交通事故で、軽い怪我《けが》でもしたことにしておいてほしい」

「なるほど……。まあ、有り難《がた》く頂《いただ》いておくわ。リリアが二十一歳《さい》になったら、渡《わた》そうかしらね」

ここで、ヒソヒソ声の会話を止《や》めて、アリソンは、左腕《うで》の腕時計を見た。とある会社から、広告宣伝のためにもらった、かなり高価なクロノグラフ。

「じゃ、行きたくないけど、そろそろ出勤するか。上司のイヤミを聞きに！」

男が、アリソンに向き合って、

「シュルツ大尉《たいい》。お見送りありがとう」

「どういたしまして。王立陸軍少佐、トラヴァス殿《どの》。ロクシェ首都大使館での任務、お疲《つか》れ様でした。一緒《いっしょ》にお仕事ができたこと、光栄に思います」

キリリとした表情で、踵《かかと》を合わせ敬礼したアリソンは、

「お母様によろしくね！　この敬礼は、あの人への分！」

最後にそう言ってウインクをして、蒼《あお》い瞳《ひとみ》を一つ隠《かく》した。

トラヴァス少佐は、静かに微笑《ほほえ》んだ。

「しっかりと、伝える。電報で、敬礼を伝えるにはどうすればいいかは、機中で考えるよ。時間はたっぷりあるし」

「本を読んでいればすぐよ？」

アリソンの質問に、トラヴァス少佐が残念そうに答える。

「実は、今日は一冊も持っていないんだ。荷物は船便で送ってしまったし、昨日は買いに行けなかったしね。空港にも、駅のように本屋があればよかったのに」

「おや。——じゃあ、これ、餞別《せんべつ》にあげる！」

アリソンが、肩《かた》に引っかけていた鞄《かばん》に手を入れる。取り出したのは、あまり上質ではない紙で作られた、分厚い冊子。

トラヴァス少佐が、その表紙へ目を送る。そこには文字しかなく、ロクシェ語でこう書かれていた。

『初等操縦《そうじゅう》マニュアル　基礎《きそ》編　ロクシェの空を守らんと、飛行士を目指す若き諸君へ送る本　〇七年改訂《かいてい》版』

アリソンが、補足説明を入れる。

「これね、空軍の学生に配っているテキストの来年度版。間違《まちが》いがないか、教育隊からチェックを頼《たの》まれていたの。まだ全然読んでないけど、ぶっちゃけ面倒《めんどう》だから、〝間違いはなかった〟ってことにしておくわ。操縦なんて、体で覚えるものよ」

呆《あき》れつつ笑いながらも、トラヴァス少佐は、その本を受け取った。

「ありがとう。道中、のんびりと読ませてもらうよ」

「間違い箇所《かしょ》があったら、電報打ってね」

「ああ、気づいたらね」

微笑《ほほえ》んだトラヴァス少佐に、

「じゃ、またね！」

アリソンはそう言いながら、少し上を向いて、目を閉じ、顔を寄せる。

軽く唇《くちびる》を重ねたトラヴァス少佐は、

「ああ、近いうちに。——長い話が必要だ」

＊　＊　＊

トラヴァス少佐は、雨の中、ロクシエ首都を後にする。

最新鋭《さいしんえい》の高速旅客機に乗り、一路西への空の旅。

エンジンとプロペラを両翼《よく》につけた流線型の機体には、内部に十六人分の客席があるが、今日は五人しか乗っていなかった。最後尾《さいこうび》の席に座るトラヴァス少佐からは、最前列付近に座る四人の頭が見えていた。

窓の外は、曇《くも》で真っ白。視界は何もない。

山らしい山のない、ただ平らなだけのロクシエでは、早い段階から計器飛行が発達している。

旅客機はコンパスと高度計を頼《たよ》りに、雲の中を突《つ》き進む。気流は穏《おだ》やかなのか、機体はほとんど揺《ゆ》れない。

他の乗客達が、アイマスクをつけて睡眠《すいみん》に勤《いそ》しむ中、トラヴァス少佐は、アリソンからの餞《せん》別《べつ》を、足元に置いたアタッシュケースから取り出した。

アリソンの言動を思い出しながら一度微笑《ほほえ》み、

「飛行機の操縦《そうじゅう》方法か……。今まで、考えたこともなかったな」

今日一日の暇《ひま》つぶしのために、それを読み始めた。

給油と、乗員乗客の休憩《きゅうけい》のために、旅客機は一度着陸する。

ロクシエの半分ほどを一気に飛び、休憩。乗員は交替《こうたい》し、乗客は食事を取る。

昼過ぎに、再びの離陸《りりく》。

この地域まで飛んでくると、雲はだいぶ晴れて、切れ間に蒼空《あおぞら》が見える。機内からは、雪が消え、これからの耕作を待つ、茶色の大地が見えた。

トラヴァス少佐は、時折、眼下の景色を楽しみながら、『初等操縦マニュアル』を、早いペースで読み進めていく。

図入りで、難しい専門用語をなるべく排《はい》して書かれたそれは、分かりやすく読みやすかったが、

「ここもか」

ところどころに、誤植が散見された。

綴《つづ》りの間違《まちが》いや、図表の指示の間違い、そして数値の間違いが、かなり多い。

トラヴァス少佐は、それらを見つける度《たび》に、万年筆で軽く印を付けて、ページの耳を小さく折っていった。

この日の夕方に、旅客機が最終目的地のラプトア共和国ラプトア市の空港に到着《とうちゃく》したときには、

「終わり」

トラヴァス少佐は、『初等操縦マニュアル』を全《すべ》て読み終わり、文章のチェックも終えていた。


ラプトア共和国は、ロクシエ最西端《さいせいたん》の国の一つ。首都はラプトア市。

中央山脈とルトニ河上流に面した、農業が盛んな――、というより、主要産業が農業しかない国。国土は広く、何処《どこ》までも平べったい。国の南部にいれば、天気が良い日には、はるか彼方に、荘厳《そうごん》な中央山脈の頂《いただき》が見える。

ルトニ河を越《こ》えると、そこはスー・ベー・イル、ベゼル・イルトア王国連合になる。

かつての冷戦中は、ラプトア共和国のようなルトニ河沿いの国々は、東西が睨《にら》み合う最前線

だった。今は逆に、地の利を活《い》かして東西交流の玄関《げんかん》となっている。

ラプトア市のラプトア空港は、この近辺では最大の空港だった。

ロクシエ首都からの直行便にあわせて、スー・ベー・イルへの、スー・ベー・イルの航空会社による定期便も飛んでいる。輸送機を使った航空貨物も始まり、この空港を中心として、近《きん》隣《りん》国にたくさんの機体が飛んでいる。

とはいえ、今回トラヴァス少佐が帰《き》郷《きょう》に使うのは、定期便ではなかった。


第四の月、二十七日。

「お待ちしておりました。少佐殿《どの》!」

トラヴァス少佐が、ラプトア市のホテルで一晩《ひとばん》過ごした翌朝のこと。

「今回、少佐殿をお連れする任務を命じられました、バネット大尉《たいい》、並びに――」

「クレー少尉であります!」

綺《き》麗《れい》に晴れた蒼《あお》い空の下で、二人の飛行士が、タクシーから降りたトラヴァス少佐を敬礼で出迎《でむか》えた。喋《しゃべ》る言葉は、スー・ベー・イルの公用語である、ベゼル語。

顔つきの厳《いか》つい三十代の男が、バネット大尉。比べてずっとまだ若い、二十代前半で細身の方が、クレー少尉。

飛行士は共に、灰色の飛行つなぎ姿。腿《もも》の前方にポケットがついていて、膨《ふく》らんでいる。階級章と、名札と血液型を記載《きさい》したタグが、肩《かた》と胸《むね》についている。

ここは、ラプトア空港の一番端《はし》。旅客機の発着には決して使われない、貨物機専用のスポットだった。

今そこに、飛行機が一機止まっていた。

全長十五メートルほど。エンジンは二つ。プロペラも二つ。

色は、濃《こ》さの違《ちが》う緑色や茶色を組み合わせた迷彩。下半分だけは、見上げたときに空に混じるように灰色。

円筒形《えんとう》の胴体の脇《わき》にあるのは、〝曲げ短刀〟のエンブレムと、ベゼル語の文字。紛《まぎ》れもなく、スー・ベー・イル空軍の機体だった。

小型爆撃機《ばくげき》として開発され、その速度性能の良さから偵察機《ていさつ》としても使われている機体で、こちらは偵察機仕様。胴体の下に高性能カメラ、脇には大きな窓《まど》が足されている。

偵察機は、早朝にルトニ河近くの王立空軍基地から飛来して、要人であるトラヴァス少佐を待っていた。当然ながら、事前申し入れにより、許可が下りている。

偵察機の周りには、ラプトア空港勤務の整備士達が数人いた。

彼等《かれら》は機体の機関士と共に、給油と、機体の最終チェックに勤《いそ》しんでいる。スー・ベー・イルの民間機は頻繁《ひんぱん》に飛来する空港なので、その整備や燃料補給に問題はない。

トラヴァス少佐は、飛行士達に敬礼を返し、手を下ろした。そして、相手が手を下ろす。

「トラヴァス陸軍少佐です。よろしく」

「お任《まか》せください。旅客機なんぞよりずっとずっと早く、少佐殿《どの》を首都スフレストスへとお連れいたします」

機長のバネット大尉《たいい》が落ち着いた口調で言って、若いクレー少尉が質問。

「失礼ですが……、少佐殿は、スフレストスに戻《もど》った後、国王陛下《へいか》に謁見《えっけん》されるのですか？」

「ええ。それが、ロクシエ大使館勤務佐官の義務でもあるので」

トラヴァス少佐は淡々《たんたん》と答えたが、質問したクレー少尉は、興奮《こうふん》を爆発《ばくはつ》させた。

「なんと素晴らしく羨《うらや》ましい！　自分は、建国祭で遠くからご一家の御《ご》尊顔《そんがん》を拝したことしかありません！　自分はいつの日か、王室ご一家をお乗せした機体の操縦桿《そうじゅうかん》を握《にぎ》るのが夢です！　まだまだではありますが、今回はその修行にと、志願いたしました！　少佐殿をお運びできること、光栄に思います！」

目を輝《かがや》かせるクレー少尉の脇で、バネット大尉は軽く肩をすくめ、

「まあ、ご覧の通り、まだまだ若いお調子者ですが、スジは悪くないですよ。基本的に自分が飛ばしますが、クレー少尉にも、シッカリと働いてもらいます。本日機関士は、ロッド上級軍《ぐん》曹《そう》が務《つと》めます。後で紹介《しょうかい》いたします」

「分かりました。では、もう乗っていいのでしょうか？」

トラヴァス少佐が聞いて、バネット大尉はニヤリと笑って答える。

「いいえ、まずはトイレを済ませてください。残念ながら、当機にはないのでして」

＊　＊　＊

『ミサゴ三四より、ラプトア空港管制塔《とう》へ。どうぞ』

『こちら管制塔。通信明瞭《めいりょう》。どうぞ』

『ミサゴ三四、離陸《りりく》準備完了。誘導路《ゆうどうろ》への進入許可を求む。どうぞ』

『管制塔よりミサゴ三四。誘導路に他の機体なし。現在、上空に着陸待ち機体なし。空港はあなた方のものだ。誘導路への進入を許可する。繰《く》り返す、誘導路への進入を許可する』

トラヴァス少佐は、空軍偵察《ていさつ》機の機内にいて、ベゼル語で行われている無線交信を聞いていた。

お世辞にも広いとは言えない機内だが、頑丈《がんじょう》なシートが機体中央部に数席用意されていて、トラヴァス少佐はその一つに、シートベルトを締《し》めて座っている。

上空に上がると寒くなるので、トレンチコートではなく、供与された空軍の革《かわ》製ジャケットを、背広の上から着ていた。アタッシュケースと丸めたコートは、座席の下にバンドで固定しておく。

構造材が剝《む》き出しの機内には、追加された燃料タンクが固定され、数々のパイプや配線が這《は》い回っている。

数メートル先にあるコックピットでは、バネット大尉《たいい》が機長席の左側に、クレー少尉が右側に、横並びで座っている。二人のすぐ後ろに、右側を向いて、大量の計器を睨《にら》む、ロッド上級軍曹《ぐんそう》の姿が見える。

機体左右のエンジンは、会話もできないほどの爆音《ばくおん》を発声させて、機体を細かく揺《ゆ》らし続ける。機内にいる四人全員が、耳にはヘッドセットを付けて、喉《のど》にはバンドでマイクを巻いていた。

『少佐殿《どの》。誘導路《ゆうどうろ》滑走《かっそう》から、すぐに離陸《りりく》します。シートベルトを今一度お確かめください』

耳に入ったバネット大尉の言葉に、トラヴァス少佐は喉のスイッチを押《お》しながら答える。ヘッドセットに繋《つな》がった有線による機内電話で、四人全員の耳に届く。

『確かめました』

『では、いざ祖国への旅へ』

機長席のバネット大尉が、右側にあるスロットルレバーをゆっくりと押し上げていく。

偵察機《ていさつき》は、朝の太陽の下で動き出した。頑丈《がんじょう》なタイヤが、粗《あら》いコンクリートの上を転がり出す。

他に離着陸する機体がいないので、機体は悠然《ゆうぜん》と、誘導路を進む。滑走路南端《なんたん》手前で一時停《てい》止《し》、再び管制塔《とう》と機長との間で、無線のやりとり。

『管制塔よりミサゴ三四へ。滑走路への進入、および離陸を許可する。繰《く》り返す、滑走路への進入と離陸を許可する。よい旅を！』

『ミサゴ三四、了解。これより滑走路へと進入、後に離陸する。貴国、及《およ》び貴空港の協力と厚遇《こう ぐう》を心より感謝する。東西に良い風が吹かんことを！　通信を終える』

偵察機は、滑走路に入り込《こ》むやいなや、すぐに舵《かじ》を切り九十度ターン。長い長い滑走路に、ピタリと鼻筋を向けた。

そして、そのまま一気にエンジンを全開にする。甲高《かんだか》い爆音を、機内に、そして世界に響《ひび》かせながら、機体は激《はげ》しく加速していく。

左側の窓《まど》から外を見ていたトラヴァス少佐が、マイクのスイッチを押さずに、呟《つぶや》く。

「あのときも、ラプトアから離陸することで、全《すべ》てが始まったんだっけな……」

〝ヴィル〟を乗せて、〝曲げ短刀〟を描《えが》いた偵察機は、ふわりと浮《う》かび上がった。


機体はすぐに、北西へと舳先《へさき》を向けた。

ラプトア市のビル群を斜《なな》め下に見ながら、偵察機はぐんぐんと高度を上げる。窓の外で、世界が沈《しず》んでいく。

『少佐殿、もうベルトを外されても大丈夫《だいじょうぶ》です』

機長の声に、トラヴァス少佐が答える。

『ありがとう。大尉《たいい》達の腕《うで》を疑うわけではないですが、座っているときは、できるだけ締《し》めておきます』

『素晴らしい心がけです。正直、そう言っていただけると助かります。いつ何時《なんどき》、敵襲《てきしゅう》で急旋《せん》回《かい》するか分かりませんからなあ。あ、いや、今はその可能性も減りましたが』

『常在戦場《じょうざいせんじょう》の心がけは、いいことですよ』

バネット大尉は、それでは飛行予定を、と前置きして、

『これから、北西への一時間ほどの飛行で、当機はルトニ河上空に到達《とうたつ》します。国境を斜《なな》めに越《こ》えた後は、イルトア山脈手前までそのまま飛び、そこで西に転進。イルトア山脈を一気に飛び越え、昼過ぎには、リリアーヌ航空基地に着陸できるでしょう。少佐殿《どの》には、そこで食事休憩《きゅうけい》を取っていただきます』

『それは素晴らしい。リリアーヌは実に久しぶりです。イルトア山脈の、良い景色も望めそうですね』

『まだ雪を残していますからね。線路や、湖も見えるでしょう。少佐は、山崩《やまくず》れでできた、細長い堰止《せきと》め湖はご存じですか?』

『ええ。以前、列車から見ましたよ。両側に線路が敷《し》かれた湖ですね?』

『そうでしたか。まさにその湖です。線路と湖は、有り難《がた》い道しるべです。今日もきっと綺麗《きれい》ですよ』

『もしそのときに私が寝《ね》ていたら、是非《ぜひ》とも起こしてください。上官からの命令です』

『あはは、了解です！』

のんびりした機内の会話に、クレー少尉が混ざる。

『少佐殿。少佐殿の任務について、お聞きしてもよろしいでしょうか？　後学のために』

『どうぞ。答えられる範囲《はんい》でお答えしますよ』

『感謝します。——大使館での任務は、風習の違《ちが》うロクシェでの生活が大変かと思いますが、そのへんはいかがでしたか？』

その質問に、かつてはヴィルヘルム・シュルツというロクシェ人だったトラヴァス少佐は、答えを考える。そして、

『ロクシェだから、ということはなかったですね。我々《われわれ》は、同じ人間です。言葉さえ通じれば、気持ちも通じます。もちろん、カルチャー・ギャップを感じることも多かったのですが、今となれば、楽しい思い出です。あと、ロクシェの食事は、かなり美味《おい》しい』

そつない返答をしたトラヴァス少佐に、次の質問。

『大使館勤務は大変な〝エリートコース〟です。少佐殿は、今回で辞めてしまうと聞いています。それ故《ゆえ》、自分達が専用機を飛ばしているわけですが——、僭越《せんえつ》ながら、理由をお訊《たず》ねしても？』

かなり不躾《ぶしつけ》な質問をしたクレー少尉の隣《となり》で、操縦桿《そうじゅうかん》を握《にぎ》るバネット大尉が呆《あき》れて肩《かた》をすく

めた。トラヴァス少佐は、その質問にも、気分を害した様子もなく答える。

『構いませんよ。単純な理由です。今回の転属は私の意志です。——実を言うと、私は陸軍を辞するんですよ。スフレストスに戻《もど》ったら、退官願いが受理されるはずです』

『な、なぜ？』

声に出したのはクレー少尉《しょうい》だけだったが、残りの二人も一様に驚《おどろ》いているのが、操縦席《そうじゅう》からの雰囲気《ふんいき》で伝わってくる。

トラヴァス少佐は、本当のことを言って、質問に答える。

『私は、トラヴァス家唯一《ゆいいつ》の跡取《あとと》りです。家督《かとく》を継《つ》がねばなりません。これからは、母を支え、その事業に尽力《じんりょく》するつもりです。今回の大使館勤務を終えて、祖国への奉仕《ほうし》は一段落ついたと考えました。これからは、別のやり方で尽《つ》くしていこうかと思っています』

『そうだったのですか……。残念ですが、仕方がありませんね。次の仕事は、どのような？もしよろしければ』

『構いませんよ。母は、児童支援《しえん》組織を運営しています。スー・ベー・イルで、勉学意志の強い孤児《こじ》に、学業の機会を与えるのです。中には、ロクシエへの留学も含《ふく》みます。世界を広く知ることが、重要だと。私は、経験を生かし、ロクシエと祖国を行き来して働こうかと』

『いい話ですねー。自分も、子供にはそんな仕事をさせたいですよ。まあ、結婚《けっこん》すらまだですけど』

偵察機《ていさつ》は、草原の上空を飛んでいた。

ルトニ河の両岸は、ロクシエでもスー・ベー・イルでも、河岸より三十キロメートルまでは緩衝《かんしょう》地帯となっている。

かつて戦争をしていた頃《ころ》の名残《なごり》で、その土地には、軍隊を置くことはできない。民間人の居住も著《いちじる》しく制限されるので、畑もなく、ただ草原が広がるだけの地域。

ルトニ河が大氾濫《だいはんらん》を起こすと水に浸《つ》かるので、河に近づくほど、木々は減っていく。緩衝地域でなかったとしても人が住むには過酷《かこく》な土地で、ルトニ河全《すべ》てに堤防《ていぼう》でも築かない限りは、安定して住むのは難しいとされている。そして、長大なルトニ河全てに堤防を築くなど、今後三百年かけても無理だろうとされている。

トラヴァス少佐が、左側の窓《まど》へと顔を寄せる。

草原や森は、若葉が萌《も》える時期にはまだ早く、土の茶色が多く見えた。

視線を上げると、既《すで》にルトニ河が見えていた。

平らな大地に、黒々とした大河が、真《ま》っ直《す》ぐ南北に延《の》びている。幅《はば》は数百メートル。向こう岸、つまりスー・ベー・イルの領土も、微《かす》かに望む。

『少尉、しばし操縦を預かれるか？』

『了解。クレー少尉、操縦受け取り準備よし』

『操縦《そうじゅう》、あなたに渡《わた》す』

『操縦、私が受け取りました』

決められたやりとりの後、クレー少尉《しょうい》が操縦桿《かん》を握《にぎ》った。

手を放したバネット大尉が振《ふ》り向いて、トラヴァス少佐へと視線と声を送る。

『少佐、申し訳ないですが少し休憩《きゅうけい》を取らせてください。実は、自分、朝食がまだでして』

ロッド上級軍曹《ぐんそう》が、

『とはいえ、決して寝坊《ねぼう》ではないですよ。大尉は、機体のチェックに熱を込《こ》めすぎたのです』

そう言って大尉を気遣《きづか》う。クレー少尉は、操縦に集中するために、会話には参加しない。

バネット大尉はシートベルトを外し、ヘッドセットからケーブルを外して、操縦席から機内へ。慣れた足取りで機内を進み、トラヴァス少佐の脇《わき》を通り抜《ぬ》け、機内後部にある大きな箱の前にしゃがんだ。

バネット大尉は、金属製の箱の蓋《ふた》を、留め金を解除《かいじょ》して開ける。

中から取り出したのは、辞典ほどの大きさの、木製の箱。上部に札が貼《は》り付けられていて、〝バネット・昼食用　ターキーサンドイッチ・チョコレートバー・水〟と書かれている。

蓋を閉めて、トラヴァス少佐の脇を通り抜けて、バネット大尉はさっきまでいた操縦席ではなく、ロッド上級軍曹の後ろに立った。機内左側面に折り畳《たた》まれていたイスを開いて、そこに着席する。

補助席でヘッドセットにケーブルを差し込むと、

『どうも、少佐。これは、飛行士用の弁当なんです』

バネット大尉は、トラヴァス少佐に説明を入れる。

『長距離飛行《ちょうきょり》の場合、こういった弁当が用意されるんです。そしてこれは、私用。三人それぞれにメニューが違《ちが》えてあります。急性食中毒で全員操縦できなくなっては困りますからね』

『なるほど。それは、初めて知りました。面白い』

『まあ、本来これは、昼に食べるべきものなのですが……。これくらいの規定違反《いはん》は、どの飛行士もやっていることでして、お目こぼしいただけると助かります。リリアーヌでは、何かまた手に入れますよ』

『〝早弁〟ですね。自分も学生時代によくやりました』

ロッド上級軍曹の声。

トラヴァス少佐は笑いながら、

『では、私はそれを、景色を見ていて見逃《みのが》しましょう。どうぞごゆっくり』

そう言うと、窓《まど》の外を見た。

雄大《ゆうだい》なるルトニ河が、すぐ真下まで迫《せま》っている。間もなく国境を越《こ》えて、母国スー・ベー・イルに入る。

『では、お先に失礼します』

バネット大尉《たいい》が、膝《ひざ》の上に箱を置いて、左右に張られたテープを剥《は》がした。
そして、蓋《ふた》を両手で持ち上げた。
開けた瞬間《しゅんかん》に聞こえたのは、シュッ、という何かが擦《こす》れる音。見えたのは、白い煙《けむり》。
「ん？」
バネット大尉が首を小さく傾《かし》げた瞬間に――、
箱は爆発《ばくはつ》した。

＊　＊　＊

この日――、
ルトニ河で、一人で漁をしていたラプトア共和国の男は、遠くで飛行機が墜落《ついらく》していくのを見た。
数分前に自分の小舟《こぶね》の上を飛んでいった、今まで一度も見たことのない機体は、視界ギリギリの遠くで、フラフラと揺《ゆ》れたかと思うと、左に少し傾《かたむ》き、次に右へ。
そのまま右下へとつんのめり、急激《きゅうげき》に高度を落としていった。
そして、機体は川縁《かわべり》の緑の向こうへと消えて――、
二度と見えなくなった。

彼は、それを、すぐさま誰《だれ》かに報告――、しなかった。
警察や消防署に通報し、救助に向かわせることをしなかった。
自分の密漁《みつりょう》が、当局にばれてしまうのを恐《おそ》れて。

第二章

フィオナとベネディクト

第二章 「フィオナとベネディクト」

ほとんど人が住んでいない中央山脈の中に、たった一つだけ国家がある。

ロクシェの構成国の一つにして、唯一《ゆいいつ》の王国である〝イクス王国〟がそれだ。略称《りゃくしょう》は〝イクス〟。現地での正式名称は〝イクストーヴァ〟。

中央山脈の北部、ロクシェのラプトア共和国の西南端《たん》に触《ふ》れて位置して、国土の全《すべ》てを中央山脈に置いている。

険《けわ》しい山地の中に、細長い盆地《ぼんち》と湖がある。

長さ百キロメートル、幅《はば》四十キロメートルの〝ラス湖〟を取り囲み、湖岸と谷間の僅《わず》かな土地に、冬は時に零下《れいか》数十度になる気候の中で、人々は逞《たくま》しく生きている。産業は、林業、農業、ラス湖での漁業。そして近年躍進《やくしん》めざましい、観光業。

平地のそれとは違《ちが》った独自の文化を持ち、かつてはロクシェ参加を最後まで拒《こば》んだこの小国は、近年において、二つの大ニュースを生み出した。

一つが、『女王の復活』。

十九年前の年末のこと。

二十九年前の王宮の火事で、王家ご一家共々亡くなったとされていたフランチェスカ王女が、国民の前に姿を現した事件。

イクス首都の政治演説会場に、壁画《へきが》発見の英雄《えいゆう》、カー・ベネディクト王立空軍少佐の操縦《そうじゅう》で、王女は舞《ま》い降りた。そして自らの言葉で、王宮の火事が実はテロ事件であったことを表明。

ほとぼりが冷めたと議員に立候補していたテロの首謀者《しゅぼうしゃ》、オーウェン・ニヒトーの嘘《うそ》を暴き、ステージの上で追いつめた。

結果的にはニヒトーの自決を許してしまい、犯行の謎《なぞ》は残ってしまったが、若く美しい女王の復活に国民は沸《わ》き立った。

もう一つが、『イクストーヴァ回廊《かいろう》の発表』。

こちらは、僅か四ヶ月前のこと。

フランチェスカ女王が、新年の挨拶《あいさつ》と共に、臣民に、そして全世界に向けて発表を行った。

イクス王家は、その設立以来、四百年にわたって隠《かく》してきたことがあると。

それは、中央山脈を通り抜《ぬ》ける秘密《ひみつ》の谷だった。

人間の足で越《こ》えることなどできないとされた中央山脈に、まるで斧《おの》で割ったような、深い深い谷がある。標高は低く、そこを通り抜ければ、イクス王国から、スー・ベー・イルへと行くことができる。

〝イクストーヴァ回廊〟と名付けられたこの地形は、歴史を揺《ゆ》るがす大発表だった。スー・ベー・イルにおいても、大ニュースとして伝えられた。

もしこれを東西戦争中に発表していれば、そこを使った戦争の拡大は避《さ》けられなかっただろうとされる。

戦争中なら、隠《かく》していたことへの批判もあっただろう。その危険性が大きく減った今、それを隠匿《いんとく》し続けたイクス王家の評価は、逆に高まることとなった。

雪崩《なだれ》の危険も少なくなるこの夏には、イクス王室の主催《しゅさい》で、東西の研究者を集めて、イクストーヴァ回廊《かいろう》の調査が予定されている。

今後はこのルートを使い、東西交流路の構築が進むのではないかとされている。鉄道路線の構築すら考えられている。

そうなれば、観光業で賑《にぎ》わい潤《うるお》うこの小国が、より一層栄えることは想像に難《かた》くない。

これからも、年を重ねなお美しいフランチェスカ女王様と、夫として支えるベネディクト殿《でん》下《か》、そして王女のメリエル様。

ロクシエ唯一《ゆいいつ》の王家と共に、このユニークな小国は、中央山脈で輝《かがや》き続けることだろう。

「――とまあ、記述は以上です。修正しておきたいところはありますか？　フィー」

「最後の、〝年を重ねなお美しい〟は、必要かしら？」

小さな谷にある村の、小さなログハウスの中で、二人の男女が会話を交わした。ロクシェ語だった。

男は、四十代。髭面《ひげづら》で長髪《ちょうはつ》を後ろで縛《しば》っている。着ているのは、緑と黒のチェック柄《がら》のシャツと、茶色のカーゴパンツ。

女性は、三十代後半で、短い黒髪《くろかみ》と整った顔立ち。着ているのは、この国の民族衣装とも言える、布を幾《いく》つも縫《ぬ》い合わせた、モザイク模様のワンピース。

ログハウスは質素な造りで、小さなキッチンがついたリビングは、こぢんまりとしている。

室内には、二人用のテーブルとイス、簡単な棚《たな》と、必要最低限の家具しか見えない。

丸太剝《む》き出しの壁《かべ》の高いところには、丁寧《ていねい》な彫《ほ》り細工がされた、木製のお皿が三枚、大切そうに飾られていた。彫られているのは、葡萄《ぶどう》の房《ふさ》、大きく翼《つばさ》を広げた鳥、そして、〝左下〟を向いた一輪の花。

他には、玄関脇《わき》の壁に銃架《じゅうか》が一つあり、狩猟《しゅりょう》用ライフルが一丁と、ストックのついた大型の拳銃《けんじゅう》が一丁かけられている。ライフルは、ロクシェ軍で使われている一般《いっぱん》的なタイプ。対照的に拳銃は、フルオート連射《れんしゃ》が可能な、実に強力なモデルだった。

レースのカーテンがかかった窓《まど》の外では、残雪が白く鮮《あざ》やかに光って、室内を明るく照らしている。とはいえ昼ではなく、夜。光源は、猛烈《もうれつ》に明るい満月だった。

二人は小さく火が爆《は》ぜる暖炉《だんろ》の前で、絨毯《じゅうたん》の上に直《じか》に腰《こし》をかけ、それぞれが、綿のたっぷりつまった、大きなクッションに背をもたれていた。

男は手に、読んだばかりの紙を持っている。タイトルに、『首都で発行する旅行雑誌・イクス王国紹介記事草稿《しょうかいそうこう》』とある。

「必要さ、フィー。俺《おれ》の目が曇《くも》っていなければね」

かつての英雄《えいゆう》、カー・ベネディクトは、照れもせずベゼル語で言い切ると、妻の頰《ほお》にキスをした。

「じゃあ、特に修正してもらいたいところは、なし。簡素にまとめられていて、とてもいいわ」

この国の女王フランチェスカにして、実はその双子《ふたご》の妹であるフィオナ、愛称《あいしょう》フィーは、夫に向けて笑顔と共に言い返した。

「では、これは明日にでも返事を出すとしましょう。首都に電話を入れますよ」

ベネディクトはロクシェ語で言いながら、紙を折り畳《たた》んで、胸《むね》ポケットにしまって、

「ここからは、夫婦だけの話をしましょうか？　とても、大切な話です」

妻の耳元に唇《くちびる》を寄せて、甘《あま》く囁《ささや》きかけた。

「何かしら？　あなた」

「実は——」

ベネディクトが、皺《しわ》がやや目立つようになった眦《まなじり》を優しく細めて、

「飛行機が、ほしいのです。どうか、どうにかして予算を出してくれないでしょうか？」

囁いたのは、そんな、おねだりの言葉。

「うーん」

フィオナは、天井を仰《あお》いだ。

「もう、四機もあるのに？」

「確かに、我《わ》が家は、というか、イクストーヴァ王家は四機所有しています。複葉練習陸上機が一機に、小型飛行艇《てい》が一機に、回廊《かいろう》を見つけに飛んだ観測機が二機。これも陸上機です——これで、何かとても大切なことに気づきませんか？　フィー」

質問をぶつけてきたベネディクトの真顔を見ながら、フィオナは十秒間考えて、そして首を横に振《ふ》った。

「えっと……、何も」

「なんということか！　水陸両用機が一機もない！」

「はあ？」

「水陸両用機は分かりますか？　いざというとき、湖の水の上からも、そして、凍《こお》った湖の滑《かっ》走路《そうろ》からも飛び立てる機体。それが、我々には一つもないということですよ！　なんということだ！　いざというとき、どうすればいいのでしょうか？」

「えっと、そのときは、夏は水上機、冬は陸上機を使えばいいのではないの？　今までみたいに」

フィオナに、その黒い瞳《ひとみ》でジッと見つめられて、

「えっとですね……、それは、そうなんですけどね……」

「………」

「し、しかし、飛び立った先が滑走路《かっそうろ》だったり、または水面だったりと状《じょう》況《きょう》が変わることもあるのですよ！　例《たと》えば今年冒頭の回廊《かいろう》発見のときがまさにそうですね？　水上機で飛び立っていたら、谷には着陸できなかったのです。夏の調査の手助けもできそうですね！　おお、何と便利なことでしょう！」

「他には、理由は？　調査のことは前から分かっていたのだから、今突然言いだした理由ではないのでしょう？」

「え、ええ……」

「白状なさい」

「……実は、知り合いの飛行機会社から、先日電報がありまして。『新型機があるのだが、軍縮の折で、王立空軍の調達数が減った。しかし生産してしまった。我々《われわれ》の見通しが甘《あま》かったのが原因で、もうどうしようもないのだが、精魂《せいこん》込めて造った機体を破棄《はき》するのが惜《お》しい。安くするので、一機でいいから、イクストーヴァで引き取ってくれないだろうか？』と……」

「そんなことだろうと思いました。あの変な形の二機も、そうだったわね」

「ええまあ……、あれは、トラヴァス少佐の――、ヴィルヘルム・シュルツの肝煎《きもい》りでしたけどね」

「彼、元気かしら……？　大使館勤務は辞めると聞いたけど、軍を辞めるのかしら？　いよいよアリソンさんと結婚《けっこん》して、ロクシェで家族と一緒《いっしょ》に暮らすのかしら？　でも、可能？」

「なあに、彼なら、どんな困難もねじ伏《ふ》せてしまうでしょう。言ってはなんですが、彼は、とんでもない男ですよ」

「そうね。恐《おそ》ろしい力を持った〝魔法遣《まほうつか》い〟よね。世界を、そしてわたしの人生を変えてくれた……」

遠くを見た妻へと、ベネディクトは、

「——えっと、話を戻《もど》しますね。今回は、彼を介《かい》さず、私に直接話が来ました。水陸両用機が一機と、予備パーツです。もし頼《たの》めば、すぐにでも持ってきてくれるそうです。肝心《かんじん》のお値段は、〝お友達価格〟で、これくらいで——」

ベネディクトは、床《ゆか》の上に指で金額を書くマネをした。

「ねえ、あなた」

それを理解したフィオナが、クッションから身を起こして、夫と真《ま》っ直《す》ぐ向き合った。

はい、と答えたベネディクトに、フィオナは真剣《しんけん》な表情で語りかける。

「あなたは飛行機乗りだから、空を飛んでいたい気持ちは分かる。それは否定しないし、わたしも、時折あなたと一緒《いっしょ》に飛ぶのが好き。あのときのことを、あなたの飛行機に初めて乗ったときのことを、強く強く思い出すから。——でも、もう四機もあるじゃない」

「ああ、はい、そうですね。はい」

「お友達の困窮《こんきゅう》を救いたい気持ちも、理解できる。悪い事じゃない。とはいえ、そんな風に、まるで捨て猫《ねこ》を拾《ひろ》うみたいに飛行機を増やすのはやはり良くないと思うの。買えなくはないとはいえ、決して安くない金額を、税金から出すのは」

「ま、まあ、はい、そうですね……」

「とはいえ、ここで、滅多《めった》にしてこない夫の頼《たの》みを無下《むげ》に断るのも、わたしはしたくない」

「え？　おお、では、フィー？」

「だから――」

「だから？　見返りですか？　いいですよ。私は何でもしましょう。今まで以上に、よき夫、よき父として、女王に仕《つか》えましょう！」

胸《むね》を叩《たた》いて言い切ったベネディクトに、

「じゃあ――」

フィオナは花のように微笑《ほほえ》んで、一言。

「カメラ買ってもいいかしら？　もう五台ほど、ほしいのがあるのだけれど」

夫婦は、

「いや、待ってください。いくらなんでも、五台は多すぎですよ」

「値段的には、飛行機よりは安いわ」

「飛行機は、一度買えば何年も買い換《か》えたり買い足したりはしません。それに、物の大きさが全然違《ちが》います」

「ほしい物である、という心理は同じでしょう？」

「しかしですね、カメラは既《すで》に何台もあるではないですか」

「それを言うのなら、もう飛行機は四機もあるわよね？」

「用途《ようと》が違いますよ。違う機械と思ってもいいくらいに」

「カメラも、用途が違います。いつでも持ち運べる小型カメラと、風景写真を残せる大判カメラとでは、違う機械と思ってもいいくらい」

「でもですね——」

「それなら——」

「そうは言っても——」

「こうとも考えられるわ——」

そのまま深夜になるまでの無駄《むだ》な話し合いのすえ、双方《そうほう》クタクタになってしまい、

「争いは、やめましょう。——もう、両方買えばいいじゃないですか！」

「そうね、争いは、よくないわね。——そう、両方買いましょう！」

結局、頑張《がんば》って予算をやりくりして、どっちも手に入れることに決めた後、仲直りのキス。

「そういえば……、我《われ》らがトレイズは、ロクシェ首都で上手《うま》くやっているんでしょうか?」

「そういえば……。ええ、多分、元気よ」

そして、今月から首都の上級学校に通い始めた息子のことを、ほんの少しだけ思い出した。

第三章

リリアとトレイズ

第三章 「リリアとトレイズ」

時間は、少し戻《もど》る。

世界暦三三〇六年　第四の月　十日

ロクシエの首都は、大陸の北東部にある。

かつてこの連邦《れんぽう》が成立したとき、まったく新しい首都として、戦場になる東西国境から、また敵が上陸してくる可能性のある海岸部から距離《きょり》を取って造られた。

直径が三十キロメートルあるこの円形の地域は、〝首都特別地域〟として、連邦のどこの構成国にも属していない。もしロクシエ語で単に〝首都〟と言えば、構成国の首都ではなく、ここを指す。

ほとんどの施設《しせつ》が新しく造られたので、都市計画はシッカリと立てられた。政府中枢《ちゅうすう》施設を中心にして、円形に商業施設が取り囲み、それを住宅街が取り囲む。

版図には見渡《みわた》す限りビルと家が続き、一部の公園地域を除《のぞ》いて、石の茶色に覆《おお》われている。

緑の地平線だらけのロクシエでは、一種異様な雰囲気《ふんいき》を漂《ただよ》わせている。

現在ロクシエ最大の都市で、人口数も、人口密度《みつど》もロクシエで一番。

ロクシエの文化と流行の発信地でもあり、首都に住んでいない人にとっては、〝憧《あこが》れの都〟でもあった。


その首都の外れ、北を十二時に例《たと》えれば九時半ほどの位置に、首都第四上級学校はあった。

十二歳《さい》から十八歳までの、将来大学進学を控《ひか》えた生徒達が学ぶのが上級学校。第四上級学校は、文字通りその四つめの学校で、生徒数は、六学年で千人以上。

周囲をアパートに囲まれて、一辺がおよそ六百メートルもある広大な空間を有する。

校内には、幾多《いくた》もの校舎と広いグラウンド、体育館や学生寮《りょう》などが、場所によっては整然と、場所によっては雑然と配置されている。


薄《うす》い雲はあるが、西からの風は弱く、日差しがだいぶ暖かくなったこの日。

第四上級学校の校庭に、緑色を基調とした制服に、春用コートを羽織《はお》った二人の女子生徒がいた。

一人は長いストレートの栗毛《くりげ》。

一人は、おさげの黒髪《くろかみ》。

栗毛《くりげ》の少女が、おさげの少女に、笑顔で何かを言いながら、写真を一枚見せた。見せられた方が、じっと見て、その三秒後に気絶して倒《たお》れて――、
もう一人が、ひどく慌《あわ》てふためく。

＊　＊　＊

「白状しなさい！　トレイズ！　この写真の人は、〝ヒルダ〟さんは、車内で出会ったステキなお姉さんは――、一体何処《どこ》の誰《だれ》なのかっ！」

メグが校庭でぶっ倒れたその日の夕方、誰《だれ》もいない教室の中に、栗毛の少女と、

「〝白状しなさい〟って……、リリア、もう答えは既《すで》に知っているんでしょ？　シュトラウスキーさんが、言ったんでしょ？　あと、まだ俺《おれ》の肋骨《ろっこつ》が三本、完全にはくっついてないの、覚えてる？　というか、思い出して……」

彼女に胸《むな》ぐらを摑《つか》まれている、黒髪《くろかみ》の少年がいた。

二人とも第四上級学校の制服姿。緑色を基調にしたブレザーと、スラックスとスカート。

少年の名はトレイズ・ベイン。

今月二日、つまり八日前からこの学校の生徒になり、寮生《りょうせい》となった。年は十七歳《さい》。普段《ふだん》から運動を欠かさないので、細いが引き締《し》まった体格をしている。左腕《うで》には、クロノグラフ。

少女の名はリリア・シュルツ。

上級学校の四年生にして、十六歳。ストレートの栗毛は、腰《こし》までと長い。

リリア・シュルツとは普段使っている短縮形で、正式な本名は、リリアーヌ・アイカシア・コラソン・ウィッティングトン・シュルツと、呆《あき》れるほど長い。

二人がいる場所は、夕日の差し込《こ》む空《あ》き教室。

建物の最上階で、廊下《ろうか》から一番離《はな》れた窓《まど》側。さらに二人の位置だけは日よけのカーテンが閉められて、声も聞かれないように、校庭からも見られないようにしている。

逢《あ》い引きと思われても仕方がない状況《じょうきょう》だったが、実際には違《ちが》った。

「ふう……。まあ、じゃあ、このまま立ち話もなんだから――」

リリアはそう言いながら、トレイズの制服の襟《えり》を摑んでいた右手をゆっくりと放して、

「座れ！」

「命令形？　長くなるの？　――勉強に追いつくために、早く寮に戻《もど》って、自習室に入りたいんだけど」

あからさまに嫌《いや》がったトレイズを、リリアはギロリと睨《にら》んだ。

「それはあなた次第であります。トレイズ殿下《でんか》」

「あー、〝殿下〟は止《や》めてお願い。敬語も止めてくださいい頼《たの》みます」

切なそうに言いながら、トレイズは全部空いているイスの一つの向きを変えて、すとんと腰

掛《か》けた。

「よし」

リリアも、背中の髪《かみ》を背もたれの向こうに押《お》しやりながら、トレイズと対面して座る。

実に不機嫌《ふきげん》そうな、ムスッとした顔でリリアは、

「言わないわよ。学校ではもう〝殿下《でんか》〟なんて！　ちなみに、外でも言いたくない！　トレイズは、トレイズ！　昔からそうだったし、これからもそうよ！」

先ほどまでと同じく、スー・ベー・イルの言語であるベゼル語で、そして小声で、しかし鋭《するど》く言い切った。

トレイズは、これ以上ないほどホッとした、そして嬉《うれ》しそうな表情を作り、制服の胸《むね》に手を当てた。

トレイズ・ベインは仮の名で、正式に名前を表記するのなら、〝イクストーヴァのトレイズ〟になる。〝イクストーヴァの〟と付けることを許されているのは、この世界に何億人いようが、イクス王国の王族のみ。

現在のイクス王室は、女王フランチェスカと、その夫ベネディクト殿下（旧姓は〝カー〟）、そして二人の〝唯一《ゆいいつ》の〟子供、メリエル王女だけだと、公式には発表されている。

しかし、トレイズはれっきとした女王の息子で、メリエルの双子《ふたご》の兄、または弟だった。ど

ちらが年上か両親が決めなかったので、トレイズとメリエルの間で一生の議論の元になっている。

一人しか発表しなかったのは、〝子供は一人のみ〟とされた古い王室規範《きはん》が原因で、そもそもは〝イクストーヴァ回廊《かいろう》〟の秘密《ひみつ》を守るための処置だった。

公表された今は、その規範もなくなる可能性が高く、そうなればトレイズの発表もあり得る。

現時点で、このことはイクス王国の王室警護官達と、ロクシェ政府上層部、そして交流のあるスー・ベー・イルの王族には知られている。

かねてより女王フランチェスカと親交のある、アリソン・シュルツも当然知っている。

そして、その娘《むすめ》であり、トレイズとは幼なじみの仲であったリリア・シュルツにも、つい最近、実に派手にばれた。

「〝謎《なぞ》の転校生は、実はとある王国の王子様でしたー〟なんて、言っても誰《だれ》も信じてくれないわよ！　何よそのベタな設定！」

リリアが言い切って、

「あ、ひどーい」

トレイズは頰《ほお》を膨《ふく》らませた。

「わたしが、〝夢見る阿呆《あほう》な小娘〟扱《あつか》いされるだけよ！」

「あ、うん」

「〝うん〟じゃない！」

怒《おこ》るリリアと、宥《なだ》めるために淡々《たんたん》と対応するトレイズ、この様式が、しばらく続く。

「で、この写真の女性は、ヒルダお姉様は、〝ベゼル王家のマティルダ王女様〟で間違《まち》いないのね……？　次の、スー・ベー・イルの女王様で？」

「うん」

「ああもう！　知っていれば、王室マニアのメグに見せなかったのに！　ああもう！　ごまかすのが大変だったんだから！」

「なんて言ったの？」

「説明だけで、一生分の〝偶然《ぐうぜん》〟って単語を使ったわよ！　わたしは、行きもしなかったワッツ港付近で、列車に乗ったことになったの！」

「ああ……。公式発表の嘘《うそ》行程の」

トレイズが納得して頷《うなず》いた。

先月のこと。ロクシェを公式訪問したマティルダ王女は、首都からワッツ港へ鉄道で向かい、出迎《でむか》えの戦艦《せんかん》で帰郷《ききょう》したことになっている。

実際には、そっちには替《か》え玉を立ててイクス王国を訪問。その後トレイズや護衛《ごえい》のトラヴァス少佐達と一緒《いっしょ》に、列車で北進して——、騒動《そうどう》に巻き込《こ》まれた。

「で、『本当は写真はダメだけど、特別に特別に許可されたので撮《と》ったけど、本当は本当はダメだったから、このことは誰《だれ》にも言わないでね！』ってことに」

「〝本当〟が多いね。本当じゃないのにね」

「あ？　誰のせいよ？」

「はい、すみません」

「何にせよ、まあ、それで一応はごまかせたと思うけど……、はあーあ……」

リリアが、世界最大級の溜息《ためいき》をついてから、

「トレイズ……」

「何？」

リリアは、顔をトレイズに寄せて、さらに小声で訊《たず》ねる。

「今のウチにハッキリ聞いておきたいわ。──この首都で、アンタの素性を知っているのは、わたしとママとトラヴァス少佐以外では、誰と誰？　白状しなさい」

国家機密《きみつ》を喋《しゃべ》れと迫《せま》ったリリアに、トレイズは、

「えっと、まず──」

あっさり答えてしまう。

「ロクシェ政府中枢《ちゅうすう》で、何人か。どこまでかは分からない。大統領は、もちろん知ってる。学校に来る前に一度会って、話をしてきた。気のいいおっさんだったよ」

「大統領……。ま、まあ、そのへんは、学校に来るわけないからいいわ。他には？」

「王室警護官が、男女二人、中年の夫婦なんだけど、首都に在住してる。学校からちょっと離《はな》れた場所で、アパートの部屋を借りて住んでる。もし何かあれば、〝遠縁《とおえん》の保護者〟と称《しょう》して学校に来る手はずになっている。俺《おれ》のサイドカーも、その人達が預かってくれている」

「警護官の二人ね。——って、あのサイドカーまで持ってきたの？」

「だって、首都は詳《くわ》しくないし、いざというときの移動手段がほしいし……」

「普通《ふつう》の首都の上級学校生は、めったに自分で運転なんかしないの！　お願いだから、制服で学校に乗ってこないでね……。禁止はされてないけど、目立つからね。首都の外に乗っていくのなら、大丈夫《だいじょうぶ》だと思うけど」

「了解。覚えておく。学校には乗ってこない」

「例の、王家のお印のペンダントは……？　体育とかで、更衣室《こうい》で着替《きが》えること多いわよ。この学校は、水泳もあるし」

　リリアが、今までで一番真剣《しんけん》に、そして一番心配そうに訊ねた。

　イクス王家には、身分証明として、金のネックレスとペンダントを身につけるのが義務になっている。そこには、その人の〝お印〟が刻《きざ》まれている。

「そりゃあ、ここじゃ、王室のペンダントのことは知らない人の方が多いだろうけど……」

　かつて、ペンダントを先に見て、それが何かまるで分からなかったリリアが、歯切れ悪く言った。

トレイズは、笑顔で答える。

「心配ありがと。でも、大丈夫《だいじょうぶ》だよ」

「ほう？」

「普通《ふつう》の上級学校生は、特に男子は、あまりアクセサリーをつけないと、そして宗教関係以外のは校則違反《いはん》だと、ちゃんと知ってる。だから母と相談して、首都ではつけなくてもいいと特別の許可をもらった。ペンダントは、イクストーヴァに置いてきたよ」

「そう。よかった。――って、それって〝女王様の許可〟ってことよね……。〝特別の〟ってことは、本来の王家のルール違反の特例ってことよね……」

自分で言っていて、その話の大きさに頭を振《ふ》ったリリアは、

「うん。四百年の歴史で初だってさ」

それに気づかずに、サラリと言い切ったトレイズを見て、再び頭を振った。

「……ま、まあいいわ。――とにかく、ペンダントの件は、ひとまず安心」

そこでリリアは、ふと気づいて、

「当然、銃《じゅう》とかもよね？〝自衛《じえい》のためだー〟とかなんか言って、寮《りょう》に拳銃《けんじゅう》を持ち込《こ》んでないわよね？」

まさかそんなわけはないと、確認のための軽い質問だったが、

「…………」

トレイズは、無言でスッと目を逸《そ》らした。

リリアの顔が、引きつった。

「ま、さか……」

「あ、大丈夫」

「何、が……?」

「ちゃんと、実弾《じつだん》共々、寮の部屋の、金庫のな――」

リリアは、トレイズに最後まで言わせなかった。

廊下《ろうか》に人がいたら絶対に聞こえただろう大声で、心の底から叫《さけ》ぶ。

「だーっ！　〝普通の上級学校生〟をやる気があるのかーっ！」

＊　＊　＊

その後、リリアから散々、

『上級学校生として平穏《へいおん》に暮らすために必要な知識と振る舞《ま》い』

を叩《たた》き込まれたトレイズは、日がどっぷり暮れた後に、校内にある寮へと戻《もど》った。

寮の玄関《げんかん》ロビーでトレイズは、レジデントアシスタントなので入寮時に丁寧《ていねい》に案内をしてくれて、しかも偶然《ぐうぜん》授業も一緒《いっしょ》になった男子生徒と鉢合《はちあ》わせた。

トレーニングウェア上下で、これから日課の校内ランニングに行くというその男子生徒は、挨拶《あいさつ》の後にトレイズに質問を投げかける。

「どうした? 顔に、著《いちじる》しい疲労《ひろう》の色が見えるが……」

トレイズは、先ほど聞いた、『一切合切何も言うな!』とのリリアの命令通り、

「ああ、いや、なに、ひどく個人的かつ、たわいのないこと。ただ、疲《つか》れた……。夕ご飯は、まだかな……」

「もうすぐだけど、今日は月に二回ある豪華《ごうか》ステーキの日なんだ。人気があるから、いつもより列が長く並ぶ。長く待つと、焼きたての一番美味《おい》しいところが食べられないので、オープン少し早めか、もしくはかなり遅《おそ》めに寮食《りょうしょく》に行くのをお勧《すす》めしておく」

その男子生徒が教えてくれて、

「情報ありがとう。いつも助かる。よし、肉を食べて元気を出そう。——寮の食事は美味しいよね。ああ、金庫も片付けなきゃ……」

トレイズは、フラフラと、自分の部屋がある階へと登っていく。

ちなみに最上階の、一番端《はし》。毎日階段の上り下りが大変だが、校門やロータリー、アパート群など、ベランダからの景色だけはいい。

それを見送った男子生徒は、

「？」

何が一体そこまで彼を心理的に追いつめたのか、不思議に思ったが、

「まあ、気にしても始まらないか」

スッと考えを切り替《か》えると、トレーニングへと走り出した。

＊　＊　＊

校内ダンスパーティーが行われたのは、その三日後。

四年生以上がペアを組んだ場合のみ参加できる、学校主催《しゅさい》の舞踏祭《ぶとうさい》。

今年一番の話題は、真っ先に踊《おど》り出した、そして誰《だれ》よりも上手《うま》かった、仲が良さそうなのか、それとも険悪《けんあく》なのかまったく分からないカップルだった。

第四章

メグとセロン、
そしてラリーとジェニーと
ナタリアとニック

第四章「メグとセロン、そしてラリーとジェニーとナタリアとニック」

第四の月、十五日。

朝に空を覆《おお》っていた雲が晴れて、暖かい日差しが春を思わせるこの日の放課後、

「珍《めずら》しい。俺《おれ》が一番乗りか」

セロン・マクスウェルは、『新聞部』の部室に誰《だれ》よりも早く入った。

校内では一番端《はし》に位置するこの古い教室棟《とう》は、放課後には使われなくなるので、早い時間から閑散《かんさん》とする。校庭や新校舎に生徒達の声が響《ひび》く中、静けさに包まれる。

そしてその一階中央に、新聞部の部室はある。

かつて教室だった部屋を改造したもので、間違《まちが》いなく、この学校で一番豪華《ごうか》な部室となっていた。

まず、部屋の一部を、暗室として切り離《はな》して独立させている。

壁《かべ》を増築《ぞうちく》して窓《まど》を塞《ふさ》ぎ、ドアを設置。少しでも光が中に漏《も》れてはいけないので、シッカリと造り付けられている。素人《しろうと》の細工ではなく、プロの作業員を入れて改装したようにしか思えな

い。暗室には必要な機材が設置され、いつでも写真の現像ができる。

残りのエリアには、まず、豪華なソファーセットとテーブルが置かれている。三人掛《が》けソファーが二つに、一人掛けが二つ。合計八人までが、のんびりとお茶を楽しむことができる。学食以外でそんなことができるのは、この学校ではここと、応接室だけ。

お茶をいれるための電熱コンロと水道が用意されて、ティーセットを入れる食器棚《だな》がある。

作業用の机とイスは、教室で使われているものよりずっと豪華で頑丈《がんじょう》。窓際のカーテンは、高級そうなレースのと、分厚いのと、二重になっている。

さらにトドメとして、一般《いっぱん》家庭にも完備されているとはいえない、電話までが引かれている。

やりたいことは、ほぼ全《すべ》てこなすことができる場所――、それが新聞部の部室だった。

そしてなぜか、大きなギターケースが一つ、置いてあった。


セロンは十六歳《さい》。四年生。

ロクシェ中で売れている冷凍《れいとう》食品メーカーを営む母と、十二歳の妹の三人家族。とはいえその実家は遠く離れているので、入学以来、ずっと寮《りょう》に住んでいる。

整ったハンサムな顔立ちと、明晰《めいせき》な頭脳、そして柔《やわ》らかい物腰《ものごし》と、ほぼ欠点がないのではと思える男子生徒だったが――、実際幾度《いくど》となく告白されてきたが――、唯一《ゆいいつ》、片思いの相手に気持ちを伝えられないという弱さを長らく抱《かか》えていた。

しかしそれも、今年の第二の月、今からおよそ二ヶ月ほど前に、幾多《いくた》の困難の末に克服《こくふく》することができた。

思い人への一世一代の告白は、相手の一世一代の勘違《かんちが》いにより、プロポーズしたことにされた。都合のいい夢を見ているのだと本人は思ったので、訂正《ていせい》はしなかった。

その結果、セロンは〝彼女〟ではなく、〝許嫁《いいなずけ》〟を手にすることになった。

それによって生活が大きく変わったかといえばそんなことはなく、今でもセロンは毎日学校に通い、勉学に勤《いそ》しみ、こうして部活にも、毎回欠かさず来ている。

もっとも、同じ部活にはその女子生徒も所属しているので、それが理由の一つでもあった。

部室一番乗りのセロンは、制服のブレザーを脱《ぬ》いでハンガーにかけてから、カーテンを、そして窓《まど》を開けていく。

二十四時間式の温水暖房《だんぼう》が効《き》いているので、部屋は暖かい。セロンは程よく空気を入れ換《か》えたところで、寒くなりすぎないように窓を閉めた。

次にヤカンに水をたっぷりと入れて、電熱コンロに載《の》せた。自分のだけではなく、来る可能性のある、合計六人の部員にむけてお茶を準備する。

数分が静かに過ぎて、ヤカンが小さく唸《うな》り始めた頃《ころ》に、

「ちっす！　――お、セロンだけか。今日は二番手だな」

ラリー・ヘップバーンが、部室へと入る。

ラリーは、セロンの入学時からの親友。同学年だが、誕生日《たんじょうび》が来月なのでまだ十五歳《さい》。

金髪《きんぱつ》を短く切りそろえ、蒼《あお》い瞳《ひとみ》と、毎日の運動で鍛《きた》えた体格を持つ。そして、これは本人もやや気にしているところだが、身長は少し低い。

武家の名家であるヘップバーン家の次男坊《ぼう》にして、同族の男子と同じく、陸軍の士官学校への進学を夢見ている。だが、体育以外の学業成績は、今のところあまりよくない。

「やあ、ラリー。調子はどうだ?」

「いつもバッチリだぜ！　セロンは?」

「毎日走っていると、気持ちよく熟睡《じゅくすい》できる。——お湯を沸《わ》かしておいたぞ」

「助かる。後は任《まか》せろ！」

新聞部のお茶くみ係として名を馳《は》せる、事実、六人の中で誰《だれ》よりも上手にお茶をいれることができるラリーが、ブレザーを脱いでエプロンを付けた。

セロンは、余計な世話を焼いて邪魔《じゃま》をしたりしない。素直に、ソファーの端《はし》に腰《こし》を下ろした。

ポットを温め、適量の茶葉を用意して、お湯を注ぎ、蒸らす。ラリーが鮮《あざ》やかな手並みを見せる中、

「こんにちは。——おや、お二人さんだけですか。今日は男子ばかりですね」

女子みたいな男子が、ニコラス・ブラウニングが、そう言って入室した。

長い髪《かみ》と、細い体、そして中性的な顔つき。男子の制服を着ていなければ、性別を間違《まちが》われても何もおかしくはない。瞳《ひとみ》の色は、綺麗《きれい》なエメラルドグリーン。

「よ、ニック」「やあ」

ラリーとセロンが挨拶《あいさつ》を返し、ニックはお茶をいれているラリーに軽く頭を下げてから、ソファーへ。

ソファーの座る位置は、だいたいいつも決まっている。何も言わずとも、片側が男子、逆が女子になりやすい。ニックは、セロンから一つあけた端《はし》に座った。

ラリーは、とりあえず三人分のお茶を用意して、テーブルの上に置いた。エプロンを外して、一人掛《が》けのソファーに腰《こし》を下ろした。

「ありがとう、ラリー」

「いつも感謝です」

セロンとニックが謝辞。ラリーは、いいってことよ、と短く返し、自分も口を付ける。

部員達のカップはだいたい決まっているが、ラリーのそれは、他のより小さめ。そして、可《か》愛《わい》らしいピンクの花柄《はながら》。

ゆっくりと、男子三人がお茶の香《かお》りに包まれる。優雅《ゆうが》な、夕方のティータイムを満喫《まんきつ》する。

「ダンスパーティーも無事に終わって、初部活ですね」

ニックの言葉に、そうだな、とセロン。

「楽しかったぜ！　まあ、オレの踊《おど》りのことはどうでもいい」

セロンの踊りを見る方を楽しんだラリーが、心底嬉《うれ》しそうな笑みを浮《う》かべて言った。

そして、

「でもよ、最初に踊った二人は、やたら上手《うま》かったよなあー」

その台詞《せりふ》に、ニックがソファーから上半身を乗り出して、

「そう！　それでなんですが――」

何かを言いかけ、そして止めた。

「いや……、これは皆《みな》が揃《そろ》ってからにしましょう。ちょっと、〝新聞部〟にお話ししたいことがありまして」

「ん？　分かった」

ラリーは納得して、それ以上の質問はしない。かわりにお茶のお代わりを訊《たず》ねて、セロンが求めた。

部室にはお茶菓子《ちゃがし》も備蓄《びちく》されているが、男子だけで勝手に食べていると、理不尽《りふじん》に怒《おこ》る女子部員がいるので、まずはお茶だけ。

「やあ皆の衆。ふむ、茶菓子はまだだね。結構結構」

その女子が、ナタリア・スタインベックが、入室した。

女子にしては飛び抜《ぬ》けて長身の体に、楕円《だえん》の眼鏡《めがね》。長い茶髪《ちゃぱつ》は、たいていはシニヨンに結《ゆ》い

上げている。制服のスカートの下に、黒いストッキングやタイツを穿《は》くのもトレードマーク。

　セロン達と同じく四年生で、

「お前が文句言うからな。ナータ」

　そう言い返したラリーとは、子供の頃《ころ》に隣家《りんか》だったので幼なじみ。もっとも、去年の夏に再会するまで、ラリーはすっかり忘れていた。

　それゆえラリーだけが、彼女を昔のあだ名で呼んで、

「やあ、ナーシャ」「こんにちは、ナーシャ」

　他の部員達は、ナーシャと呼ぶ。

　今日の茶菓子《ちゃがし》は、有名百貨店で販売《はんばい》しているサクサクのウェハース。ナタリアは缶に入ったそれを棚《たな》から持ち出し、シールテープを剝《は》がして、

「食え」

　そのままテーブルの上に、どん、と置いた。

　彼女の分のお茶を手早く用意しながら、ラリーが呆《あき》れた口調で言う。

「もうちょっとこう、菓子皿に載《の》せて魅力《みりょく》を出すとか、ないのか？　ナータ」

「あたしくらいのレベルに達するとね、視覚的な演出など、そんなごまかしなど通用しないのさ。〝美味《うま》い〟か〝そうでない〟か――この世界は、ただ単に、二つに分かれているのだよ。まるでロクシエとスー・ベー・イルのように、ね」

「スケールのでかい与太話《よたばなし》をありがとう。ほら、お茶だ」

お菓子の隣《となり》にトンとティーセットを置いたラリーに、ナタリアは渋《しぶ》い顔を向ける。

「もうちょっと、お茶が美味くなる給仕の作法はないのかね？　〝どうぞ美人のお嬢様《じょうさま》。お茶の用意ができました〟とか？」

「お前の世界は、〝お前が中心〟という一つしかないのな。平和な世界だ」

四人が、ウェハースとお茶を楽しんでいる中へ、

「ども」

「来ましたー」

残りの部員二人が、女子二人が入室した。

一人は、ジェニー・ジョーンズ。

同じく四年生で、誕生日《たんじようび》が過ぎているので十六歳《さい》。

小柄《こがら》で赤毛のショートカット、その大きな瞳《ひとみ》から小動物的な印象を与える。

ロクシェ最大の自動車会社、ジョーンズ・モータースの令嬢にして、この新聞部を作った部長。不自然に豪華《ごうか》なこの部室は、全《すべ》て彼女の力によって作られている。

制服の肩《かた》から、常に持ち歩いているカメラバッグを降ろして、机の上に丁寧《ていねい》に置いた。

もう一人は、シュトラウスキー・メグミカ。

色白で、黒く長い髪《かみ》をおさげにした少女。彼女だけが、スー・ベー・イル国籍《こくせき》であり、ロク

シエへの引っ越《こ》しと転校の際に一年遅《おく》れているので、十七歳《さい》。

そして、セロンの婚約者《こんやくしゃ》。

二人へと、

「よっ、ジー・ジーとメグミカさん」

まずはラリーが挨拶《あいさつ》。ジー・ジーはジェニー・ジョーンズの幼い頃《ころ》の愛称《あいしょう》で、去年の合宿で知ったが、今のところそれを使っているのはラリーだけ。

「やあ、ぶちょー。そしてメグミカ」

ナタリアは、自分が副部長だからか、ジェニーを「部長」と呼ぶことが多い。もっとも、副部長としての仕事らしい仕事はしていないが。

「どうも」

ニックは、ちょうどお茶を飲んでいたので、簡潔《かんけつ》に挨拶。

最後に、セロンは、

「やあ、ジェニー」

まずは部長に、そして、自分が半年以上思い続け、そして婚約者になった少女に、

「やあ、メグ」

他の人へのそれと、まったく変わらない挨拶をした。

しかし、この部活で彼女を愛称で呼び捨てにするのは、

「こんにちは」

今笑顔を向けられた、セロンただ一人だった。


遠くから、運動部の気合いの入ったかけ声が聞こえる中、

「そろそろ、次の新聞を出したいわね」

お茶を飲み干したジェニーが、唐突《とうとつ》に言った。

この新聞部の出すのは、得てして壁《かべ》新聞。

かつてこの部は、ジェニーの暴走——デタラメ新聞の発行——により人が減り、とうとう彼女だけとなった。

当然部として正式に認められなくなったので（そのくせ部室だけはシッカリ占拠《せんきょ》していた）、彼女一人で作って、ゲリラ的に張り出しては教員に剝《は》がされる、イタチごっこを繰《く》り返していた。

今は、部員も六名になり、顧問《こもん》の先生もいるので、正式に部として再昇格。よほど邪魔《じゃま》な場所に張り出さない限りは、教員に剝がされることはない。

ちなみに前回出したのは、ラプトア共和国からの短期留学生が主に執筆《しっぴつ》した、首都とこの学校の感想。素朴《そぼく》な旅行記のようなそれは、そこそこの人気を博《はく》した。

「そこでだ、部員諸君。——ネタを出しなさい」

命令が飛んだが、ひとまず、部員達からの反応はない。そして、そのとき口の中にウェハースを入れていたニックが、それを咀嚼《そしゃく》し終えて、

「はい！　話があります」

美しい顔を微笑《ほほえ》ませて言った。

「おっ、また何か、よからぬことを企《たくら》んでるね？　ニック」

ナタリアがニヤリと笑った。ニックが首を傾《かし》げて、

「え？　〝また〟ってなんですかー？」

「うん。一度言ってみたかっただけだ」

ラリーが助け船を出す。

「ニック、この眼鏡《めがね》の言うことは気にするな。——で、話とは？」

セロンも、

「さっき、〝皆《みな》が集まったら話したいことがある〟って言っていたな。そのことか？」

「そうです！　ちょっと、僕《ぼく》の話を聞いてください」

そしてニックは、お茶で口を湿《しめ》らせた。

第五章

謎の転校生

第五章　「謎の転校生」

「一昨日《おととい》は、ダンスパーティーお疲《つか》れ様でした。楽しかったですね。——さてみなさん、あのとき、真っ先に踊《おど》った二人を覚えていますよね？　壮絶《そうぜつ》に上手だった二人を」

ニックの言葉に、

「もちろんです！」

真っ先に、挙手までして弾《はず》む声で反応したのは、メグ。

セロンが頷《うなず》いて、

「二人とも同じ授業取ってる。寮《りょう》でもよく見かける」

続いてラリーが、

「うん、そのへんのことは、セロンから簡単に聞いたよ」

そしてジェニーが、

「知ってるわ。話したことはないけれど」

最後にナタリアが、

「メグミカの親友の、リリア・シュルツさんと、彼女の顔見知りの転校生だろ？　えっと、名前は、前に聞いたけど忘れた」

　部員達の顔を見渡《みわた》していたニックが、

「そうです。彼の名は、トレイズ・ベイン。年齢《ねんれい》は僕《ぼく》達より一つ上。ただ、転校時に四年から入っていますね」

「そのへん、メグミカと同じだね」

　ナタリアが言った。メグがこくんと頷き、ニックが続ける。

「その彼、トレイズさんですが——、どうにも、謎《なぞ》が多いんですよ」

「〝謎〟?」

「ええ、ナーシャ、〝謎〟です」

　ニックが、左手の人差し指を立てた。

「まず、彼、トレイズはイクス王国から転校してきたそうですが——、なぜ? イクスといえば中央山脈のど真ん中。ロクシェの西の外れです。しかもこの年齢からの転校。セロンが言ったとおり学生寮に入っているので、家族の引っ越《こ》しではなく、彼だけが来たわけです。これだけで、不思議に思いませんか?」

　ジェニーが、

「まあ、ちょっと普通《ふつう》じゃないわね。上級学校はロクシェ中にあるんだし、首都のを選ぶとしても、あえてこの第四を選んだのは、明確な意図があったからでしょう。シュルツさんと顔見知りだから、ってだけじゃ、弱すぎるわね。親がそんなこと、普通《ふつう》は許さないでしょう」

　そう言って同意を示した。そして、

「他には？」

　ニックが、親指を追加する。

「はい。同じクラスのセロンやメグミカは知ってるかもしれませんが、彼はなかなかの実力者です。まず、イクスという田舎《いなか》、失礼——、から来たわりには、学業で苦労しているところはないとのこと。この学校、転入試験も授業も、決してレベルが低いわけではないのに。そうですよね？　セロン」

　訊《たず》ねられたセロンは、まあね、と軽く同意した。同じ授業を取っていて、トレイズの様子を知っているメグもまた、反論をしない。

　ニックが続ける。

「そして、彼は身体能力も抜群《ばつぐん》です。僕《ぼく》の知り合いの話ですが、トレイズさんは体育の授業では鉄棒《てつぼう》で高難度の技を連発して、教師から呆《あき》れられたそうです。なんでも、大車輪をクルクル回り続け、もういいから降りろと言われて、ぱっと手を放すと数メートル飛んで、ふわりと着地したとか。そして何事もなかったかのようにスタスタと歩いて、生徒達の列に戻《もど》った」

　ラリーが目を丸くして、

「大した三半規管《さんはんきかん》だな。普段から上下がひっくり返る経験が多くないと、そんなの到底《とうてい》無理だぞ。あれか？　イクスでは、体操選手だったとか？」

「可能性はゼロではないですが、なれば、この学校の体操部に入ってもいいと思いませんか？でも、今のところその情報はありません。そしてこの話には、とんでもない続きがあります！」

珍《めずら》しく興奮《こうふん》を隠《かく》さないニックに、

「どんな？」

セロンが先を聞いた。

「先生が、他の技をやってみてくれと聞いたそうです。詳《くわ》しくは知りませんが、なにかこう、上半身をよりダイナミックに使うような技だったとか。すると、トレイズさんは、こう言って拒否《きよひ》したそうですよ」

ニックはここで三秒ほど勿体《もったい》ぶって、そして、

「『すみません、それは無理です。肋骨《ろっこつ》の骨折が、完全に治っていないもので』」

その言葉に、全員がしばし押《お》し黙《だま》った。

やがてラリーが、

「って……、つまりは、ダンスのときも折れていたってことか？　よーやるわ」

「そういえば……、今学期の頭に――」

セロンが思い出す。

「転校生として紹介《しょうかい》されたとき、そんなようなことを言っていたな」

実際には、そのときはリリアがトレイズをぶん殴《なぐ》り、黒板まで吹っ飛ばし、さらに胸《むな》ぐらを摑《つか》んで揺《ゆ》らしまくった。

あのときもトレイズの肋骨《ろっこつ》が折れていたのだとしたら、リリアの非道を喧伝《けんでん》することになるので、セロンもメグも、黙《だま》っていた。

「それじゃあ、まあ、肋骨はくっつき始めているってことでしょうけど、にしても呆《あき》れたわね。痛さとかはともかく、大車輪からうっかり落ちてまた胸《むね》をぶつけたらとか、もっと派手に折れて、肺に刺《さ》さったらとか、そんな恐怖心《きょうふしん》を持たないのかしら？　それとも、より強い恐怖と戦って打ち勝ったことがあるから、できることとできないことがハッキリしていて、揺るぎない自信になっているか」

あまりおおっぴらに人を誉《ほ》めないジェニーが、そう言って感嘆《かんたん》した。そして、

「ま、体操選手じゃないでしょうね」

「どうして？　ぶちょー」

「だったら、そんなムチャするわけがないわ」

「なるほどー」

ナタリアが感心したところで、ニックが続ける。

「他にも、トレイズさんは、短距離《たんきょり》走、長距離走、水泳と何でもできるとかで、あちこちの運動部が、罠《わな》を仕掛《しか》けてでも捕獲《ほかく》したいと息巻いています。まだ、どこにも捕《つか》まっていませんが」

ここで、セロンが補足を入れる。

「彼とは、寮《りょう》でよく会うが、暇《ひま》さえあれば勉強しているよ。放課後は、ほとんど自習室にいる。努力家だよ」

「なるほど。常に自分磨《みが》きを怠《おこた》ってはいないわけですね。首都に来たのなら、遊びたいという気持ちも少しは持つとは思うのですが、実にストイックです」

ニックは納得した様子で頷《うなず》いた。そして、

「時期も理由も謎《なぞ》の転校！　並はずれた能力と努力！　我々《われわれ》の目の前に突如《とつじょ》として現れた謎の男子は、果たして彼は、一体何者なのか――！」

演技がかった台詞《せりふ》を吐《は》いた。もともと演技が上手《うま》いニックなので、本気を出すと無駄《むだ》に迫力《はくりょく》がある。

「アンタは、どう思ってるんだい？」

ナタリアが、今日幾《いく》つ目か分からないウェハースをつまみながら聞いた。まだ食べているのは、彼女だけだった。

「よくぞ聞いてくれました。僕《ぼく》はですね、彼は――」

ニックが、平らな胸に手を当てて、堂々と言い放つ。

「アサシンじゃないかと思っているのですよ！」

「〝アサシン〟って、なんじゃね?」

ナタリアが聞いて、大見得を切ったニックは、少し残念そうな顔をした。

セロンは、メグをちらりと見た。

「………………」

どう見ても喋《しゃべ》りたそうには見えなかったので、自分で説明する。

「アサシンとは、スー・ベー・イルの特殊《とくしゅ》な武装集団のことだよ。名前の由来は〝暗殺者〟。昔からスパイ行為《こうい》や、暗殺任務をこなしてきた。同じようなことをしてきた王や軍の情報部や特殊部隊と違《ちが》うのは、アサシンは同じ一族や村で集まった組織で、いろいろな王や軍に雇《やと》われて仕《つか》えた、傭兵《ようへい》部隊だったたってことだ。ロクシエにおける自由騎士《きし》、または傭兵騎士みたいなものだと捉《とら》える人もいる。ちょっと違うのは、アサシンの場合、一人一人が飛び抜《ぬ》けた戦闘《せんとう》能力を持つとされていること。今でも、時代小説や映画の中などで、一騎当千の超人《ちょうじん》的な活躍《かつやく》が描《えが》かれることがある」

「さすがはセロン。追加することが何もありません」

アサシンについては知識があったラリーが、ニックに顔を向ける。

「でもなニック。スー・ベー・イルにはもう、アサシンはいないって聞くぞ」

「まあ、ハッキリした形では残っていないかもしれませんが——、末裔《まつえい》みたいなものはどうでしょう? いてもおかしくないのでは?」

ニックが隣《となり》に座るラリーを見ながら言って、ラリーは肩《かた》をすくめた。

「まあなー」

曖昧《あいまい》な返事をしたラリーだったが、ナタリアがここで気づいて、

「そういや、ヘップバーン家といえば、大昔に傭兵騎士もやっていたじゃん。——よっ、末裔」

ラリーへと言葉と手で挨拶《あいさつ》を送った。

「………………」

メグが、目を丸くしてラリーに顔を向けた。

ラリーはばつの悪そうな顔で、

「分からん割にはよく覚えていたな、ナータ。ちょっと感心した。多分オフクロがおばさんに言ったんだな。——確かにそうだが、それは大昔も昔だよ。系譜《けいふ》をたどれる最初のご先祖様は傭兵で、金次第で主が変わる時期もあった。けど、四百九年前、ベヌルス二世王に仕えるようになってからは、そんなことはなくなった」

「ロクシエの歴史の勉強はひとまず置いておく」

ジェニーが、脱線《だっせん》した話を戻《もど》す。

「肝心《かんじん》は、トレイズ・ベインが、そのアサシンかどうかだが——。そもそも、出自のイクストーヴァはロクシエだ。スー・ベー・イルじゃない。そのことは？　ニック」

「もちろん知ってます。でも、僕《ぼく》は今年の頭から、とある仮説を持っていまして。それによる

と、トレイズさんがイクス王国出身だからこそ、アサシンでないかと思えているのですよ。例《たと》えばラプトア共和国出身だったら、微塵《みじん》も考えもしなかったですね」

「どんな仮説？」

「イクストーヴァ回廊《かいろう》がその切っ掛《か》けです。人間の足で中央山脈を越《こ》えられると、ハッキリしました。これはかつてラリーと話したことがありますが、僕《ぼく》は〝四百年前に成立し、回廊を隠《かく》してきたイクス王国の王家は、スー・ベー・イルから回廊を越えて来た人達の末裔《まつえい》である〟という仮説を持っています。これなら、イクス王国に、隠れてアサシンが残っていても――、もちろん今現在諜報《ちょうほう》活動はしていなくても、その能力を連綿と受け継《つ》いできた人がいるのは、決しておかしくはない！」

ニックが言い切って、喉《のど》を潤《うるお》すためにお茶を飲んだ。

「ふむ。なるほどね」

ジェニーが、

「まあ、意見そのものを否定はできない」

セロンが、ひとまず〝仮説〟としての意見には反論しなかった。

ナタリアは、

「まー、よく分からんが、だといいねー。――真面目《まじめ》に考えると喉が渇《かわ》く」

そんな力の抜《ぬ》けた発言をしてから、ラリーにお茶のお代わりを頼《たの》んだ。

「…………」

メグは、さっきまでと同じ。つまり、黙《だま》ったたままだった。

ポットからナタリアのカップへ、多分最後の一杯になるだろうお茶を移した後、ラリーは、

「で、なんでその、〝アサシンの子孫〟が、ウチの学校に来るんだ？　ウチには、そんな凄《すご》い秘《ひ》密《みつ》があったか？　宝物でも眠《ねむ》っているか？」

至《し》極《ごく》もっともな質問。

ニックは、

「ズバリお答えします！　――分かりません」

あまりに堂々と答えた。

「…………」

ラリーが一瞬《いっしゅん》呆《あき》れ、それから、

「まあ、そこまでは面白い話として――、実際、トレイズ・ベインをどうしたいんだ？　ニック」

「そりゃ、決まってますよ。ここは何部の部室ですか？　ラリー」

「〝午後のお茶部〟……。いや、新聞部か。つまりは、みんなで調べようぜ、ってことか？　何者なのか。そして、なぜウチに来たのか」

「ご明察」

「うーん……。ジー・ジー。部長としての意見はどーよ？」

ラリーは、ジェニーにしっかりと視線を送って訊《たず》ねてから、新たなお湯を沸《わ》かすために立ち上がった。

「ふむ……」

腕《うで》を組んだジェニーが、いつものように、数秒の思考時間を持つ。

その間、セロンは許嫁《いいなずけ》の顔を見たが、

「…………」

彼女は黙《だま》ったままで、ほんの少しだけ、浮《う》かない顔をしていた。

ジェニーが口を開くと、

「まあ、確かに今はネタがない。トレイズ・ベインの謎《なぞ》究明——、別にやらない理由はない」

「でしょう？」

嬉《うれ》しそうなニックの声を聞いて、セロンは皆《みな》に訊ねる。

「もし仮に、トレイズが本当にアサシン——、か何かだとして、本人が隠《かく》している以上、当然それは〝知られたくない秘密《ひみつ》〟だろう。俺《おれ》達が暴いてしまったら、どうなる？」

それに対するニックの答えは、単純にして明確だった。

「僕《ぼく》達に身を暴かれるアサシンなんて、アサシン失格じゃないですか？　——あと、暴いた後記事にするかどうかは、デスクであるジェニーの判断に任《まか》せますよ」

「…………」

セロンが黙り込《こ》み、

「うわ、サラリと酷《ひど》いこと言うね。――面白くなってきた」

ナタリアは逆に盛り上がった。その上で、

「どーよ？　ぶちょー」

最後は部長判断にするというルールは、曲げない。ジェニーへと、結論を預けた。

「ま、いんじゃやない？」

ジェニーは、かなりあっさりと承諾《しょうだく》した。そして、

「明日から、ちょいとそれを追いかけてみるか。――ひとまず、数日間はこっそりと噂話《うわさばなし》を集めてくれる？　嗅《か》ぎ回っていることがばれるとマズイから、積極的に、今まで話したこともない人に聞いて回らなくていいわ。あくまで、こっそりと、噂話を、よ。運がよければ、〝内情を知ってる〟人に当たることもあるから、そしたら、それとなく聞けるところまで聞き出しておいて。悪いけど、明日と明後日《あさって》は私用があるから、わたしは放課後すぐに帰る。次の部活は三日後ね。よろしい？」

部長らしく、デスクらしく、指示を飛ばした。

「はいよー」

とか、

「分かったー」

とか、

「楽しみですねえ」

などと声が交わされる中、

「…………」

メグは無言のまま、すっかり冷めた、そしてほんの少ししか残っていないお茶に口を付けた。

「…………」

セロンは無言のまま、それを見ていた。


この日の部活は、夕暮れが始まる前に終わる。

結局、〝トレイズについて調べる〟と決めた以後は、単なるお茶会でしかなかった。トレイズとまったく関係のないことを、ダラダラと喋《しゃべ》ったのみ。

ジェニーとメグは、校門の送迎《そうげい》ロータリーに迎《むか》えの車が来るので、部室の電話を使い、ボディーガード兼《けん》運転手に指示を送った。近くの待機場所で待っていた彼等《かれら》に、連絡《れんらく》が伝わる。

ラリーが、使ったカップやポットを洗い、棚《たな》に戻《もど》し終えたのを見て、

「さて、そろそろ閉めるわよー。誰《だれ》か、カーテンよろしく」

部長はそう言って、カメラバッグを手に取った。

中庭から部室をジロジロと覗《のぞ》かれないよう、カーテンも最近はシッカリと閉めている。ニックが、じゃあ僕が、と窓際《まどぎわ》に行こうとして、

「いや、閉めなくていい。今日は俺《おれ》が、もう少し残る。やっておくよ」

セロンが言った。

「あら、そう？」

ジェニーが言って、そして特に反対する理由もないので、ポケットから取り出した鍵《かぎ》を、元の場所に戻した。

そしてセロンは、

「メグ、ちょっと話が。すぐ済むから、残ってほしい。あとで校門まで送る」

皆《みな》の前で堂々と言って、ナタリアの反応を誘《さそ》う。

「ひゅー！　セロン、だいたーん！　あたしは、じゃあ何処《どこ》で隠《かく》れていればいい？　なあに、邪魔《じゃま》はしないよ？」

「黙《だま》れナータ。一緒《いっしょ》に出るぞ。——じゃ、頼《たの》むわ」

ナタリアを躾《しつ》けたラリーが、エプロンを丁寧《ていねい》に棚に戻し、ブレザーを羽織《はお》る。

ラリーは他の三人を押《お》し出すように、

「またな」

部室から出ていった。

残されたのは、セロンと、ソファーに座ったままのメグ。

メグは、不安そうな、切なそうな、楽しそうな、それらが全《すべ》てごちゃごちゃになったような顔をしていた。つまり、普段《ふだん》はあまり見せない、能面のような無表情だった。

セロンは、ドアの側に立って、四人の足音がシッカリと遠ざかるのを耳で確認してから、

「ごめん。いきなり。すぐに済む」

「はっ……、はい！　で、でもっ！　あれですよ！　結婚《けっこん》するまで！　ナシですよ！」

「は？　——いや、えっと、うん。そんな話じゃない」

軽く赤面して目を逸《そ》らしたセロンに、

「は？　はい」

メグはシッカリと瞳《ひとみ》を向けた。

「さっきの、取材の話」

「ああ……。はい」

「トレイズの謎《なぞ》を探《さぐ》るっての、メグは、乗り気じゃないのが分かるんだ」

「…………。さすがはセロンです。そうです！」

メグの顔が、頭にある考えを素直に映《うつ》し出した。少しの憤《いきどお》りと、少しの不安。

「私は、トレイズ君のことを調べるのには反対でした。親友リリアの友達でもあるし、それに、どんな人だって、探られたくない秘密《ひみつ》は、あるんだと思います」

「うん」

「とはいえ、私は、この前……、まさにそれをしました。人を追いかけて、人の秘密を暴いてしまいました。自分が正しいのだと言いたげに、そして得意げに、偉《えら》そうなことを言ってしまいました……」

「うん……」

「その結果、一人の人を、とても追い込《こ》んでしまいました。そんな私には、偉そうに〝みんな止《や》めましょう〟と言う資格はない気がしました……」

「うん」

セロンは黙《だま》ってメグの言葉を聞いて、そして静かに肯定《こうてい》し続けた。

「トレイズ君が、アサシンだなんて、全然思っていませんですけどね。いや、いっそ、ドジなアサシンだったらいいのに……」

メグの切なそうな笑顔を見て、

「メグは、言ってもいいと思う。それを伝えたかった」

「はい？　誰《だれ》に？　何を？」

「シュルツさんに。新聞部がトレイズを取材対象にしたことを」

「…………」

「そして、その情報漏洩《ろうえい》が部のみんなにばれたとしても、俺《おれ》だけは、決して責めない。なんなら、俺《おれ》も一緒《いっしょ》に伝えたことにしてくれてもいい」

「…………。セロンは、本当にすごいですね。私の考えていることが、見えるのですね……」

「メグが、シュルツさんと新聞部の板挟《いたばさ》みになって苦しむ必要は、ないよ。誰《だれ》だって、秘密《ひみつ》はあるものだ。今回は、〝メグ一人の〟ではなく、〝俺とメグの〟ということにしよう」

「あー、もう！　セロンはステキです！」

　吹っ切れたように笑顔を見せたメグが、

「じゃあ、私はあとでリリアに電話します！　トレイズ君に、気をつけろと伝えるように、言ってしまいます！　そうすれば、向こうはシッカリ気をつけるのです！　ばれる可能性は低くなるのです！」

「ああ、それがいい」

　セロンは、一度大きく頷《うなず》くと、腕《うで》時計を見た。

　それは、上級学校入学時に母から贈《おく》られた、ホイットフィールド社製の高級腕時計。べらぼうに高価な代物で、もし叩《たた》き売ったとしても、ロクシエのどこからでも実家に帰る路銀にすることができる。

「運転手さんを待たせても心配する。さあ、戸締《とじ》まりをして、帰ろうか」

「はい！　――でもその前に、時間を教えてください！」

「え？　メグも――」

セロンが、彼女の左手首を指し示しながら、首を捻《ひね》った。

メグの腕にも、ホイットフィールド社製の高級腕時計が巻かれている。セロンの付けているタイプの、レディースモデル。セロンの母が、結納品《ゆいのうひん》を選べ！　と迫《せま》ったときに、真っ先に浮《う》かんだ物。

「はい！　時計は持っています！　とても正確な時計ですけど、でも、私は、セロンの時間が知りたいです」

「……？」

セロンは首を傾《かし》げながらも、今の、自分の左腕にある時刻を、秒単位で答えた。正確な時計といえども、機械式である以上、一日に数十秒の誤差は出る。

「はい！　今合わせるのです！」

メグは竜頭《りゅうず》をねじって引き出す。そして、秒針まで、セロンの時間に合わせた。

「できた！」

嬉《うれ》しそうに左手首を向けるメグに、セロンは、勉強中のベゼル語で言う。

「私の時間が、正しいか、決まっていません。それは、いいのですか？」

メグは、すぐさま同じ言語で答えた。

「気にしない！　一緒の時間がいいの！」

第六章

心配するは、我にあり

第六章「心配するは、我にあり」

『はーい、シュルツであります！』

『こんばんは、リリア。夜遅《おそ》くにごめんね』

『おやメグ。大丈夫《だいじょうぶ》。今日はママも、珍《めずら》しくまだだし。ここ数日、なんかドタバタしてるみたい』

『ちょうどよかった。ちょっと、急ぎで伝えておきたいことがあって――』

『何？　どんなニュースでも、わたしは驚《おどろ》かないで聞くよ？　最近いろいろありすぎて、ちょっとやそっとじゃ動じなくなったからね！』

『というわけで、新聞部が、トレイズ君の謎《なぞ》を探《さぐ》ろう、なんて動いてるの』

『…………』

『リリア？』

『あ、うん。なんだかなー！　なんだかなー！　驚いた！　うん！　驚いた！　驚いた！』

『え？　……あ、うん。ごめんね、なんか、変なことになっちゃって』

『なぜにメグが謝る！　大丈夫だから！』

『うん。まあ、実際トレイズ君に秘密《ひみつ》なんてないと思うけど、念のために、ね。気をつけてね、って伝えておいてね』

『…………』

『リリア？』

『う、うん！　秘密なんてないけどさー！　ないけどさっ！　ありがとうメグ！　トレイズに、よく言っておくよ！』

『うん。あと、これはさっき思いついたことだから、言っていいか悩《なや》むけど――』

『うん』

『リリアとトレイズ君、二人して、一度部活に来ない？　そしてみんなと話したら、尾《お》ひれがついた疑惑《ぎわく》なんて、晴れると思うんだ。仲良くなった人のことを調べるのも、止《や》めてくれるかもしれないし。ダンスパーティーのとき、紹介《しょうかい》できなかったから……』

『そ、そ、そうね！　ナイスアイデア！』

『そのときは、私からリリアに、リリアからトレイズ君に頼《たの》むね！』

『り、りょーかい！』


自宅のリビングルームで受話器を置いた直後、

「ネーチャン、こんな遅《おそ》くに電話とかメーワクって、いつも言ってるくせに」

メグは、弟のクルトに白い目で見られた。

弟は二人いるが、その年上の方。年下のヨハンは、もう寝《ね》ている。

現在十二歳《さい》のシュトラウスキー・クルトは、姉に似て色白の黒髪《くろかみ》で、快活そうな外見に、実際快活な性格の持ち主。

今年の頭から上級学校生であり、メグの後輩《こうはい》でもあった。よって、朝だけは一緒《いっしょ》の車で登校している。

クルトのロクシェ語習得レベルはメグよりはるかに上であり、ほとんどネイティブのそれと変わらない。家にいて家族と話すときも、積極的にロクシェ語を使っている。

「いいの！　とても重要なことなんだから。それより、もう寝たら？　風邪《かぜ》引くわよ」

それに言い返すメグは母国語なので、異なる言語でのやりとりになる。

お風呂上がりで、寝間着がわりのTシャツ短パン姿、そして頭をタオルでまだ拭《ふ》いているクルトは、

「へいへい。おフロ空《あ》いたよ」

そう言うと、冷蔵庫から牛乳の瓶《びん》を出して、立て続けにコップ三杯分を飲んだ。ほとんど残ってない瓶を元に戻《もど》すと、

「おやすみー」

ロクシェ語でフランクに言い残して、リビングから出て行こうとして、

「あ！」

不意に足を止めて振《ふ》り向いた。ニヤリと笑って、

「相手はセロンニーチャン？　だったら悪いことをしたかー？」

「違《ちが》うわよ。——リリア」

「なんだ、勇者様かー。〝重要〟って、どれほど重要だったのよ？」

弟の問いに、姉は素直に応《こた》える。

「別に、あなたの好きそうな、〝国家レベルの謎《なぞ》〟とかじゃないわよ。——おやすみ」

＊　＊　＊

この日、アリソン・シュルツの帰宅は深夜零時《れいじ》を少し過ぎた頃《ころ》。

「始末書、終わらぬ……」

ヘロヘロになって帰宅した母親に、

「ほい。お疲《つか》れ様」

リリアは、砂糖《さとう》とミルクがたっぷり入ったお茶を差し出して、

「おや？　おや？　ありがと」

アリソンは軍服も脱《ぬ》がずに、ソファーにぐでっと座り込《こ》んだ。空軍の軍服は設立以来、パッとしない臙脂《えんじ》色で、将兵からの評判はよくない。

「その始末書、わたしを助けるために使った攻撃《こうげき》機のせいでしょ？」

「まーねー。ケチなんだからもう」

「おかげで助かった。ありがと」

「なあに、子供を助けるのは親の義務よ」

「戦車も倒《たお》せる機関砲《ほう》でね」

「ま、そんなときもある。——お茶、いただきます」

お茶を飲む母親に、この時間まで起きていたリリアが、肝心《かんじん》な質問をする。

「ねえ、ちょいと、聞くけど。——トレイズの正体が学校でばれたら、どうなっちゃうと思う？」

誰《だれ》かさんと違《ちが》い猫舌《ねこじた》ではないので、熱いお茶をごくごくと飲んでいたアリソンが、

「うん、ロクシエを揺《ゆ》るがす大スキャンダルね。学園に取材陣《じん》が連日押《お》しかけて、とんでもない騒《さわ》ぎになるでしょう。ま、国家レベルの謎《なぞ》だから」

サラリと答えて、

「ぐひゃあ……」

リリアは、潰《つぶ》されたかのような悲鳴を出して、天井を仰《あお》いだ。

悶《もだ》えている娘《むすめ》の心情を知らず、

「あー、甘《あま》い物が美味《おい》しい」

母親は、カップを手にまったりと息を吐《は》いた。

＊　＊　＊

翌朝。

第四の月も半分を過ぎると、日に日に、春めいていく。この日も、首都の空は朝から綺麗《きれい》に晴れて、太陽は暖かかった。

朝の時間、第四上級学校が、ゆっくりと賑《にぎ》やかになっていく。

校庭では、朝練を終えた運動部員達が、部室棟《とう》のシャワールームへと走っていく。

決して少なくない数のシャワーブースがあるのだが、早く使えればもちろんその後の身支度が楽なので、毎朝が競争になっている。

この学校では、共用施設《しせつ》は伝統的に早い者勝ちであり、上級生だから先に使える、などというしきたりは一切ない。

部活はやっていないが、習慣で毎朝早く登校する生徒達の姿も、ちらほらと見え始める。

〝早朝組〟とも呼ばれる彼等《かれら》は、送迎《そうげい》ロータリーや校門がひどく混雑するのを嫌《きら》い、意図的に毎日早く来ている。空《あ》いた時間は、教室で勉強をしたり、友人達と喋《しゃべ》ったり。一方学生寮《りょう》では、ほとんどの生徒が、まだ寮食で朝食を取っていた。制服ではなく、普段着《ふだんぎ》の者も多い。

通学時間が数分であり、混雑する校門を通り抜《ぬ》ける必要がない彼等《かれら》には、朝に急ぐ理由はまったくない。

寮を出れば、あとは校庭を突《つ》っ切ったり、最寄りの教室棟《とう》へ向かったりできるので、授業開始ギリギリまでのんびりできる。その分、油断して遅刻《ちこく》する生徒も多い。

そんな中で、寮生の一人が、寮の玄関《げんかん》から出ていく。

黒髪《くろかみ》の男子生徒。制服のブレザー姿で、コートはなし。寒さには強いのか、セーターも着ていない。手には、旅行にでも行くかのような、大きめの革鞄《かわかばん》を携《たずさ》えていた。

その姿を寮食の出口で見つけて、目で追っていたセロンは、

「トレイズ？　——今日はやけに早いな。それに、あの鞄はなんだ？」

不思議そうな顔で呟《つぶや》いた。

「いや、詮索《せんさく》しても仕方がない」

それから、自分の部屋へと向かった。

セロンが、寮の自室で制服に着替《きが》えている頃《ころ》、

「来たよー、リリアー。おはよう」

トレイズはまだ一人しかいない教室に入ると、そう話しかけた。

振《ふ》り向いたリリアは、

「う、おはよー」

「うぃっ？」

トレイズがたじろぐほど、ひどい顔をしていた。

目の下には、薄《うす》いがよく分かるほどの隈《くま》。いつもはすとんと落ちている髪も、暴れているように見える。

トレイズが、空いている隣《となり》の席に座り、

「どしたの？」

「なあに、こっちのこ——、じゃなくて、アンタのこと」

「え？」

驚《おどろ》いて、何か期待したトレイズに、

「アンタの正体、のこと。ちと、話がある」

リリアは期待はずれの言葉を送った。トレイズが、はあ、と気の抜けた返事をした。

「朝早くから呼び出して悪かったわよ。でも、重要な話が」

小声のリリアに、トレイズも声を潜《ひそ》めて、

「こっちは寮《りょう》からだから大丈夫《だいじょうぶ》だよ。リリアの方が大変だったでしょ。——そして、何？」

この教室は朝早くからは使われないので、間違《まちが》って入る生徒以外は来ないはずだが、それでも細心の注意を払《はら》う。

廊下《ろうか》で足音が聞こえる度《たび》に話を中断させながら、リリアは、新聞部の一件を包み隠《かく》さずに伝えた。

そしてトレイズは、

「あー、なるほど……」

何度も頷《うなず》いて、リリアの言いたいことを全《すべ》て理解。

「それで、心配してくれていたのか。ありがとう」

「なっ！　——心配というより、その、あの、アレよ！」

「アレ？」

「ま、まあ——、とにかく——、本当のことがばれたら大変なの！　分かる？　新聞部には、気をつけてね！　それ以外でも、派手な行動は、慎《つつし》む！」

「分かった。そうする。——でも、肝心《かんじん》のことは、そんなに、気にする必要ないんじゃないかな……」

のんびりと答えたトレイズに、リリアはかなりムッとした顔を向ける。

「どうして？　ちょっと危機感足りないんじゃない？」

「だってさ――」

トレイズは、理由をあっさりと答える。

「〝証拠《しようこ》〟がない」

「は？」

「証拠。その……、俺《おれ》が〝なになに〟だって証拠」

トレイズは、〝イクストーヴァの王子〟という言葉をごまかして言った。

「どんなに追求されても、決定的な証拠がなければ、とことんしらばっくれていればいい。例《たと》えばだよ、もしも本当のことを知るリリアが、『この人は〝なになに〟です！』って言ったとしても、俺はガンとして否定して、『その証拠はありますか？』って言い続けるだろう」

「…………」

リリアは、十二秒間固まっていたが、やがて、

「な、なるほど！」

ポン、と手を叩《たた》いて明るい顔を見せた。

「そっか……、証拠かー」

安心したリリアが、イスの背もたれにぐでっと体を預けて天井を見る。

「なんだ、心配してバカみたい……」

「それにしても、アサシンは格好いいな！　いっそ、俺《おれ》はアサシンってことにしないか？」

「バカ！」

「まあ、体育の授業はまずかったのは認める。もう、あまり派手なことはしないよ」

「頼《たの》むわよ。にしても……」

「ん？」

「なんか、これまでのアンタの苦労が、ちょっとだけ、分かったわー。分かっちゃったわー」

「でしょ？」

「分かっちゃったわー」

「うん」

「分かっちゃったわー」

「うん？」

「分かっちゃったわー」

「ああ……、分かりたくなかったんだ。リリアに隠《かく》そうとしてきた、俺の気持ちや苦労が分かりたくなかった、と。隠されていた立場のままで、隠されていたことを怒《おこ》っていたかった、と」

「勘《かん》の良い人間は嫌《きら》われるわよ！」

「教室行くわー」

寝不足《ねぶそく》の顔で立ち上がったリリアに、

「途中《とちゅう》まで一緒《いっしょ》に行く」

トレイズがエスコートについた。リリアのためにドアを開けて、そして閉める。

小さくお礼を言ったリリアは、トレイズが持っている鞄《かばん》の大きさに気づいた。

「そんなの、持っていたっけ？」

「ああ、今日から新しくした」

少しずつ生徒数が増えてきた廊下《ろうか》を歩きながら、リリアとトレイズは会話を続ける。深刻な内容ではなくなったので、リリアの口ぶりは軽い。

「なんで？　それに、大きすぎない？」

「そうなんだけど、最近参考書も使うようになったからね。図書館で大きな本を借りることも多いし。あと、ジャージの上下も」

あっさりと答えたトレイズだったが、

「はて？」

リリアはその答えに納得せず、首を傾《かし》げた。

「それで、なんで大きな鞄が必要？」

「え？　だから、教室の移動に持っていくのに――」

「なんで、ロッカー使わないの？」

リリアが首を傾《かし》げて、

「なにそれ？」

トレイズもまた、傾げた。

数分後。

二人は、中央棟《とう》のロッカーエリアにいた。

学校中心にある、一番大きな中央棟。その一階のほとんどを使って、膨大《ぼうだい》な数のロッカーが並んでいる。

木製で、扉《とびら》は横開き。間違《まちが》って閉じこめられても大丈夫《だいじょうぶ》なように、上と下にスリットが開けられている。

細長いロッカーが整然と並ぶ様は、まるで墓地のようだったが、ここは墓地と違い、毎日とても賑《にぎ》わう。

教室移動が多い、そして距離《きより》も長い第四上級学校では、一日中全《すべ》ての教科書を持ち歩いていては身が持たないので、荷物はここにしまい込《こ》む。

今も、登校した生徒達が、自分専用のロッカーの鍵《かぎ》を開けて、教科書やノートなど、必要な物を取り出したり、逆に、すぐ必要でない物、特に運動部員は、体操着やジャージの上下を入れたりしている。

その様子を見ながら、

「おお！　こうやって使えばよかったのか！」

トレイズは、いたく感心していた。

その隣《となり》で、

「ほ、本当に知らなかったのか！」

リリアは、いたく呆《あき》れていた。

「転校時に、説明受けなかったの？」

「〝中央棟にロッカーがありますよ〟とは聞いていたけど、てっきり〝長らく荷物を保管しておく〟のかと思っていたよ。こんな、毎日使うのだとは思わなかった！　そっか！　授業毎《ごと》に使えばそれは便利だ！」

「なんとまあ……」

「で、これどうやって使えばいいの？」

トレイズが聞いて、リリアが簡単に説明する。

どこかに自分にあてがわれたロッカーがあるので調べておくこと。名札をはめるなりして分かりやすくしておくこと。鍵は、小型の南京錠《なんきんじょう》かナンバー錠を用意すること。購買《こうばい》に行けば必ず売っていること。

「ふむふむ」

「あと、臨時ロッカーがあるから、覚えておいて。自分のロッカー番号がすぐに分からなければ、しばらくはそれを使ってもいいし」

「〝臨時ロッカー〟って？」

「こっち来て」

リリアは、トレイズを先導して歩いた。しばらく進んで、広いロッカーエリアの一番端《はし》、つまり中央棟《とう》の端に来て、

「このへん」

やはり並ぶロッカーを指し示しながら言った。

それまでと同じように、同じロッカーが整然と並ぶが、建物の端なのでコの字型に配置されている。そして、よく見るとどれにも名札がない。

「この一角が、全部臨時ロッカー。つまり、誰《だれ》の物でもないロッカー。荷物が多すぎて収まらないときのために、誰でも使えるように置いてあるの。でもまあ、自分用のが一つあれば、たいていは足りるけどね。わたしは、臨時ロッカー使ったことないわよ」

「ふむふむ。まあ、この大きさなら、着替《きが》えも教科書も全部入るもんな」

トレイズが、臨時ロッカーの列に目をやった。ほとんどに鍵《かぎ》がかかっている。

「今鍵がかかっているのは、誰かが使用中、ってことか。全然空《あ》いてないね」

「確かに……。なんか、前見たときは、あちこち空いていたのに……。臨時ロッカー、こんなに人気があったかな？」

リリアが首を傾《かし》げた。トレイズは、

「まあ、いいよ。自分のロッカー番号を聞いておく。——ひとまずありがとう。リリア」

第七章

証言と推理

第七章　「証言と推理」

証言その一。

証言者、アーサー・シアーズとソフィア・ウレリックス。

共に六年生。演劇部部長と、副部長。

「へえ、そんな転校生がいるのか。イクス王国からとは珍《めずら》しいね」

「私も見たことはないわ。その転校生が、何か？　ニコラス君」

「実は、この先は内密《ないみつ》でお願いしたいのですが――、彼と、新聞部で友達になれそうなのですよ。メグミカの友人の知り合いでして。そこで歓迎会《かんげい》みたいなことをやりたいんですが、何かイクスがらみで驚《おどろ》かせてあげたいと思ってまして」

「へえ。いいね」

「転校生が友達を作るの、大変よね」

「そこで、今、イクスについて調べておこうと、こっそりと嗅《か》ぎ回っています。どんなことでも構いません。先輩方《せんぱいがた》、情報をお持ちではないですか？」

「うーん。とは言われても。僕《ぼく》は、イクスには行ったことはないよ。知り合いも、いない」

「私もよ。新聞部には協力したいけれど……。そういえば、クランツ先生は行ったことあるって、昔聞いたわ」

「おお、それは貴重な情報です。——では、その転校生について、何かご存じで？　聞いた話で構いません」

「僕は、全然ないね」

「私は、ちょっとだけ。——なんでも、文武両道のハンサムとかって、部活の女子が噂《うわさ》していたわ。でも、女の子からの告白は、よく分からないことを言って断ったとか」

「ほう。ソフィア先輩、そのへんを詳《くわ》しくお聞かせ願えますか？」

「私も又聞《またぎ》きでしかないのだけれど……、部活の女の子の友人が、その転校生に一目惚《ひとめぼ》れしたそうよ。イクスからなんてエキゾチックだからと、すぐに告白した。そうしたら、バッサリと断られたんだって」

「ほう。それは、興味深い」

「そしてその子が、『他に好きな人がいるんですか？』って訊《たず》ねた。それなら諦《あきら》めると」

「して、彼はなんと？」

「変な話なんだけど——、真面目《まじめ》な顔をして、『分からない。まだ分からない。分かりたい』って答えたそうよ」

「は？　——自分の気持ちが分からない？　変な話ですね」

「まったく。その子も、首を傾《かし》げるしかできなかったとか。でもまあ、ふられたんだろうな、とは思って諦《あきら》めたとか。私の知っているのは、これくらい」

「なるほど。でも、ありがとうございました。お二人とも、お時間取らせてしまい申し訳ない」

「いいわ。新聞部には、感謝してるもの」

「また何か、誰《だれ》にも言えない相談がありましたら、是非《ぜひ》」

「あはは。そうさせてもらうわ」

「なあ、ニック君……、逆にちょっと聞きたいんだけど――」

「はい。なんでしょうか、アーサー先輩《せんぱい》」

「最近、新聞部で臨時ロッカーを使い始めたかい？　大々的に」

「いいえ、そんな話は聞いていませんが。どうかしましたか？」

「うん。ここ二ヶ月ほど、割といつも埋《う》まっていてね。不便なんだよ。部活動に多大なる影《えい》響《きょう》がある」

「部で使っていたんですか？」

「できた小道具や、刷り上がった脚本《きゃくほん》を渡《わた》すのに重宝していたんだ。できたものを臨時ロッカーに入れておく。ナンバー錠《じょう》の数字は部員達が持っているから、おのおのが開けて、持っていく。部活がなくても配れるだろ？」

「なるほど。それは便利ですね！　演劇部の知恵ですか？」

「いいや。もう何年も昔から、どの部活でもやっているよ。ナンバー錠が使われている臨時ロッカーは、個人ではなく部活が使っていると言ってもいい。〝生徒が臨時に使う〟という本来の用途《ようと》からは若干外れるから、あんまり大きな声では言えないけどね……」

「いいことを聞きました。さっそく新聞部でも真似《まね》を――」

「しないでくれよー。それより、『臨時ロッカーが足りない！　学校はもっと増やせ！』って新聞を書いてくれると嬉《うれ》しいよ！」


証言その二。

証言者、レナ・ポートマン。

六年生。オーケストラ部、部長。

「トレイズ・ベイン？　知らない名前ね。誰《だれ》さん？」

「今月からここで学んでる、四年の転校生なんですけどね、ポートマン部長」

「だったら、あなたの方が詳《くわ》しいでしょう？　ナタリアさん」

「それがそうでもなくてー。では、トレイズについて知らなくても、イクス王国については？」

「行ったことがないわ。もう、質問はよろしくて？　今忙《いそが》しいの」

「まだ昼休みは時間ありますけど」

「誰《だれ》かさんと違《ちが》って、私は部活の用事で忙しいの。休みの間に、音楽室に行かないといけないのよ。譜面《ふめん》を取りにね」

「はい？　臨時ロッカーにしまってないんですか？」

「あなた、知らないのね。——最近、臨時ロッカーが品薄《しなうす》なのよ。いっつも空《あ》いてないから、もう頼《たよ》りにしていないの」

「おや、それは初耳」

「頼りにならないのは、まるで誰かさんのようね」

「誰だか知りませんが……、そいつ、使えないヤツですねぇ」

「あなたのことよ！　たまにはオケ部に来なさい！」


証言その三。

証言者、レニー・クランツ先生。家庭科教諭《きょうゆ》。

「おや、誰かと思ったら、ヘップバーン君ね」

「お久しぶりです、クランツ先生。——夏はお世話になりました」

「なあに、こちらこそ。なかなかいい下《した》っ端《ぱ》っぷりだったぞ！」

「光栄です。――ところで、先生がイクス王国に行ったことがあるって、ホントですか？　アーサー先輩《せんぱい》に聞いたんですが」

「そーよ。私、旅行大好きだからね。三年前に行ったわ」

「どんなところですか？　ちょっと興味が湧《わ》いたんですけど、行ったことがある人が少なくて」

「いいところよー！　なんていうか、私達みたいな首都の人が、〝山国〟ってどんなの想像する？」

「そうですね……、〝急峻《きゅうしゅん》な山〟、〝大雪〟、〝昔ながらの生活をする素朴《そぼく》な人達〟とか？」

「そうそう。そんな、私達が想像する〝分かりやすい山国〟が、文字通りまんま広がってる感じね」

「なるほど……。変な話をしますが、昔ながらの生活をする人達って、どれくらい昔ながらなんですか？　薪《まき》でご飯を作っているとか？」

「首都のクンストと、ムーシケって町はガスが通ってるけど、それ以外は今も薪よ。小さな谷なんか、電気すらないわ」

「そりゃ、なかなかですね。古い伝統芸能なんか、生きてるんじゃないですか？」

「そうね。金細工が代表例ね。信じられないほど細かい細工を、おばちゃん達がサクサクとやっちゃうのよ」

「じゃあ、武術なんかも？」

「さすがヘップバーン君ね。興味はそっちか。狩《か》りが盛んだから、男はみんなライフルの腕《うで》が立つとかは聞いたわ。銃《じゅう》を撃《う》てない男はいない、とか聞くわよ」

「ふむふむ。格闘技《かくとうぎ》とかは？」

「さあ、聞かないわねー。そこまでは」


証言その四。

証言者、ステラ・ホイットフィールドとマーガレット・ウィスラー。共に三年生。

「おや、マクスウェル先輩《せんぱい》。こんにちは」

「ど……、どうも……。お久しぶりです……」

「あ、ああ。こんにちは」

「なんでも、同級生の方と婚約《こんやく》されたとか。おめでとうございます」

「おめでとうございます。――わ、私はこれで」

「え？　ああ。――まずかったかな？　二人で話しているところだったか？」

「いいえ、心配はご無用です。マギーは、もう次に好きな人ができて、その男子と付き合ってます。先輩にバッサリとふってもらえたのが、かえって、よかったそうです」

「…………。そ、そうか」

「私は、今まで、先輩にちゃんとお礼を言えませんでした。ありがとうございました」

「あ――、どういたしまして」

「それではこれで」

「あ、ちょっと待って……。聞きたいことが」

「なんでしょう？ ライナスなら、今日も元気に働いています。お爺《じい》さまに気に入られていま
す」

「そうか、それはとてもよかった。――それとは別のことだ。ステラは、イクストーヴァに詳《くわ》
しいか？」

「イクストーヴァ？ イクス王国？ いいえ」

「そうか、なら、いいんだ。時間取らせたね」

「これって、新聞部関連ですか？」

「ま、まあね」

「イクス王国については知りませんが、最近気になっていることが」

「どんな？」

「臨時ロッカーが、いい匂《にお》いがします」

「は？」

「臨時ロッカーです。臨時ロッカーのある一角を歩くと、薔薇《ばら》や柑橘《かんきつ》系の、とてもいい匂《にお》いがします。私、匂いには敏感《びんかん》なんです」

「…………」

「不思議だとは思いませんか？　私は思います」

「…………」

「それでは」

証言その五。

証言者、リリア・シュルツ。四年生。

「やっほー、メグ」

「やっほー、リリア。今日は調子よさそうね」

「まあねー」

「ごめんね、心配かけて」

「いってことよ。今日は別の件だけど、メグ、鍵《かぎ》なんて余ってない？」

「鍵？　――ロッカーに使う？」

「そう。もし余っていたら、譲《ゆず》ってほしいなと思って。前に、〝二つ買ったけど、もう一つしか使っていない〟って言っていたから」

「ごめん、その予備は、今はクルトが使ってるの」

「あー、そっかー！　そうだよね……」

「トレイズ君用？」

「そっ。転校してからもう何日も経《た》つのに、呆《あき》れたことに、ロッカーの使い方を全然知らなかったんだって！　で、購買《こうばい》に行かせたんだけど、ずっと品切れ中」

「へえ……。新学期でもなければ入荷されないのかもね。――あれ？　でも、私が先月見たときは、何個かあったけど……」

「うーむ。なんというか、急に人気で、入れたそばから売れてるんだって」

「ふーん」

＊　＊　＊

　十八日の放課後。新聞部の部室で、

「うーむ、証言はこれだけか」

　それぞれの報告を聞いたジェニー・ジョーンズが、面白くなさそうな顔で言った。

ソファーの上で胡座《あぐら》をかいているジェニーは、下着が見えそうになっている。しかし実際には見えないし、この行儀《ぎょうぎ》悪さはいつものことなので、対面に座る男子三人は、もはや気にしていない。

「ま、オレ達ができる限界だなー」

ラリーがあっさりと言って、テーブルの上のクッキーに手を伸《の》ばした。

今日のお菓子《かし》は、四角い缶に入った、多種多様なクッキーの詰《つ》め合わせ。

チョコ味、コーヒー味、紅茶味から各種フルーツ味まで、実にバラエティに富む。

「おっとラリー、チョコ味はあたしのだ！」

ラリーに鋭《するど》い視線と言葉を送ったのは、当たり前だがナタリア。手を止めたラリーに、眼鏡《めがね》の位置を人差し指で直しながら、

「そのクッキーを食べるために、あたしは今日登校した」

「そうまで言うのなら、砂糖《さとう》をまぶしたやつにするか」

ラリーの手が、缶の上で動いた。

「それもあたしのだ！　そのクッキーを食べるために、あたしは第四上級学校を選んだ」

「……じゃあ、アンズ味」

「それもあたしのだ！　そのクッキーを食べるために、あたしはこの世に生まれた」

「……じゃあ、バナナ味」

「それもあたしのだ！　そのクッキーを食べるために、あたしはこの世界を創《つく》った」

「スケールでけえな！」

やりあう二人は無視しつつ、ニックは、いつもの優雅《ゆうが》な笑顔で、

「なあに、調べ始めたばかりじゃないですか。これからですよ」

実に前向きな発言をした。

メグとセロンは、報告しただけで、あまり積極的に会話に参加しない。

ボリボリとクッキーを食べていたナタリアが、

「しっかしさー、奇妙《きみょう》だね」

「何が？　ナータ」

「気づかないかね？　警部」

「誰《だれ》が警部だ」

「なあに、簡単な推理だよ。これらの報告では、臨時ロッカーのことが頻繁《ひんぱん》に話題になっているじゃあないか」

「ん？　――ああ、そういえば、そうだな。それは単なる事実の再確認で、推理でもなんでもない気がするけどな」

ラリーが頷《うなず》いた。ジェニーも同意して、皮肉気味に言う。

「なかなかの情報だ。で、誰が臨時ロッカーについて調べろと言った？」

セロンが、

「いろいろな部活がこっそりと荷物の受け渡《わた》しに使っているとは、四年目にして初めて知ったよ」

メグが、

「私も今日、一つ賢《かしこ》くなりました。ずるいですけど、便利ですねと思いました」

ラリーが、

「新聞部でも、鍵《かぎ》を一つ用意するか？」

ナタリアが、

「それはいい！　お菓子《かし》を買ってきたら、そこに入れておこう！　昼休みに食べられる！」

そしてニック。

「ちょっとみなさん！　話題がずれてはいませんか？　臨時ロッカーについての新聞を出すつもりですか？」

そんな軌道《きどう》修正努力も、実際にトレイズについてのネタがない以上はどうしようもない。全員が黙《だま》ったまま、クッキーに手を伸《の》ばした。

ポリポリと食べながら、

「こりゃもう、本人に訊《たず》ねた方が早いんじゃないか？　〝あなたの秘密《ひみつ》、記事にするから教えてくださいな〟って」

ラリーがそんな力の抜《ぬ》けたことを言って、

「おうそりゃ名案だなー。自白剤の準備は任《まか》せたぞー」

ナタリアは、今日幾《いく》つ目なのか分からないクッキーを、二つ同時に口に放り込《こ》んだ。

「ジェニー部長……。この部員達の煮《に》えたぎる熱意を、どう思いますか？」

ニックの皮肉にも、

「まあ、実際情報が集まらんのなら、致《いた》し方《かた》ない」

ジェニーはそう言って返すのみ。ニックは全《すべ》てを理解して、がっくりと肩《かた》を落とした。

「部長の情報網《もう》にも、転校生は引っかかりませんでしたか……」

「ま、そういうことだ。転校生じゃなー。来年の今頃《いまごろ》には、もっと情報が手に入ると思うけど」

一連のやりとりを聞いて、口には出さないが心から安心しているのはメグ。

にこやかな表情でクッキーに手を伸ばして、掴《つか》んだ後に対面に座るセロンと目が合って、ニッコリと微笑《ほほえ》んだ。

「…………」

ぶるる、と小さく震《ふる》えたセロンが、お茶のカップに手を伸ばした。

ジェニーが、

「にしても……、臨時ロッカーのこの様子は変ね」

ぱりん、とクッキーを口で割りながら言った。そして、

「ま、どうでもいいけど」

あっさりと切り捨てた。

「ドライだな、ジー・ジー」

ラリーが、下着が見えそうで見えないジェニーへと話しかける。

「いっそ、ニックの言うとおり、この〝臨時ロッカー大混雑の謎《なぞ》〟を探《さぐ》って記事にしたらどうだ？　何か、大きな謎が潜《ひそ》んでるんだよ。中で化け物が巣くっていてもいいぞ。最近真面目《まじめ》だからさ、久しぶりに大ボラ新聞もいいんじゃないか？」

かつて、クエスチョンマークさえ付ければ何を書いてもいいと宣《のたま》ったジェニーは、

「駄目《だめ》ね」

ラリーの提案を一刀のもとに切り捨てた。

「なんで？」

「それはね――」

答えを知っているニック以外の、部員四人の視線を受けながら、ジェニーが言う。

「謎のロッカーネタは、去年の頭にもうやったからよ。――人語を解す、双頭《そうとう》の蛇《へび》が住んでいたことにしたたわ」

この日の部活も、お茶に、お菓子《かし》に、お喋《しゃべ》りで終わった。

ジェニーの発言が皆《みな》を感動、または呆《あき》れさせてからは、新聞のネタについての話題すら出なかった。

結局話したのは、生徒らしく授業の進みのことや、近くなってきたテスト期間のこと。メグからは、新入部員が活躍《かつやく》し出したコーラス部について少し。ラリーとセロンからは、トレーニングの話。ニックは、

「歴史ロマンに興味ある人は、この部活にはいないんですねー。歴史探究部に入ろうかなあ」

そう言って、軽く拗《す》ねていた。ちなみに、そんな部活はない。

窓《まど》の外が茜《あかね》色に染まり始めた頃《ころ》、

「あー、もうこんな時間か。はいはい、茶会はお開きにするわよー」

ジェニーがパンパンと手を叩《たた》きながら立ち上がって、皆が帰宅準備を始める。

「帰って、ご飯にするかー」

そう言いながらナタリアが片付けるクッキーの缶は、空《から》になっていた。

「お前は、なんでそれで太らないんだよ？」

ラリーが聞いて、

「よりたくさん食べられるようにじゃないかね？」

答えにならない答えが返ってきた。

掃除《そうじ》と片付けをテキパキと済ますと、六人は校門まで一緒《いっしょ》に行き、そこで別れた。セロンだけがそのまま校内に残り、寮《りょう》へ。他の五人は、家路についた。

セロンは、数分の徒歩で自室に戻《もど》って、すぐさま着替《きが》えた。

緑を基調にして、クリーム色の腕《うで》部分に、赤いライン――、学校指定のトレーニングウェアに着替え、靴《くつ》を運動靴へ。

セロンは寮の前に出て、いつものように準備運動をしてから、ほとんど誰《だれ》もいなくなった学校敷地内《しきち》を走り出す。

広い敷地を一周して体を温めてからは、ラリーが作ってくれたカリキュラムに沿って運動をする。

校庭の決められた場所では全力ダッシュしたり、鉄棒《てつぼう》で懸垂《けんすい》をしたり、芝生《しばふ》の上で腹筋をしたり。セロンはこれを、一日に最低でも一回。できれば早朝と合わせて二回行っている。

気持ちよく汗をかいたセロンは、校庭の水道で水を飲んでから、寮に戻る。

レジデントアシスタントなので少し広めの部屋で、トレーニングウェアを干して、Tシャツに短パンという簡単な格好で、セロンは寮のお風呂に向かった。

寮の浴場は、とても広い。

ホテルの大浴場もかくやという広さと、温度の違《ちが》う複数の湯船や、ずらりと並んだ大量のカランを誇《ほこ》る。生徒達の評判は、すこぶるいい。あまり知られていないが、寮生《りょうせい》でなくても入ることはできる。

セロンは、まずシャワーブースで汗を流し、体と髪《かみ》を軽く洗った。そして、近くには誰《だれ》もいない、ぬるめの湯船へと身を沈《しず》めた。

長湯を決め込《こ》んでぼーっとしているセロンに、右脇《わき》から中腰《ちゅうごし》で近づいてくる男子の姿があった。浴場の天窓《てんまど》が広く開いているので、湯気がもうもうと立ち上り、あまり視界は良くない。

その男子の髪は黒く短めで、体つきは引き締《し》まっている。

毎日筋トレを欠かしていないラリーと同じくらいか、下手《へた》をしたらそれ以上。トレーニングを始めて日が浅いセロンとは、比べものにならない。

「やあ、セロン」

その男子は、セロンの名前を呼んで、湯船の隣《となり》に体を沈めた。

顔がやっと見えたので、そして声で、それが誰なのかセロンにも分かった。今日、新聞部で話題になっていた転校生、トレイズ・ベインご当人だった。

「やあ。――お風呂で会うのは、初めてかな？」

頷《うなず》いたトレイズは、

「この時間が一番すいていると、最近分かったよ」

そう言って、湯船の縁《ふち》に背中を預けた。

一度天井にふーっと息を吐《は》いてから、トレイズは、左隣のセロンに顔を向けて、

「ありがとう」

突然《とつぜん》礼を言った。

「は？　――何が？」

驚《おどろ》いて聞き返したセロンに、

「新聞部なのに、新聞部に気をつけろ、と教えてくれて」

トレイズはあっさりと答えた。セロンが、一瞬《いっしゅん》眉根《まゆね》を寄せて、

「…………。どうして、そう思う？」

トレイズが、淡々《たんたん》と質問に答える。

「いろいろな理由がある。まず、俺《おれ》のところに話が来たのは、リリアからだ。リリアは言わなかったけど、情報の精度と新鮮《しんせん》さから、部員で親友のシュトラウスキーさんから聞いたに違いない。リリアに紹介《しょうかい》されて、シュトラウスキーさんと話したことがあるけど、リリアとは対照的に、おとなしい女の子だって印象があった。新聞部と親友の間で板挟《いたばさ》みになって、結局どっちにもつかないで一人悩《なや》んでいそうな人だ」

「……で？」

「すると、共犯者覚悟《かくご》で、シュトラウスキーさんの背中をどんと押《お》してくれた誰かがいるに違

いない。目的はただ一つ、シュトラウスキーさんの心労を減らすためだ。では誰《だれ》が？　――部員であり彼氏であるセロン以外、誰がいる？」

「参った……。名探偵《たんてい》だな」

「というわけで、お礼を言う理由が俺《おれ》にはある。――ありがとう」

「どういたしまして」


それから二人は、ぼーっと湯船に浸《つ》かり、しばし無言で過ごした。

「実は――」

セロンが、天井を見ながら、ぼそっと口を開く。

「今日の部活で、トレイズの探求は成果がないことが分かった。部としては、やる気が著《いちじる》しくトーンダウンした。多分、この先はない」

「それは、助かるなあ」

笑顔でシンプルに答えたトレイズに、セロンは視線を小さく送って、

「何か、隠《かく》しておきたいことは、誰にでもあるだろうしね」

「あれ？　――あることが前提なんだ？」

小さく驚《おどろ》いたトレイズに、セロンはシッカリと頷《うなず》いて見せた。

「ああ。――普通《ふつう》は、こんなことをされたら、〝痛くもない腹を探《さぐ》られるのはイヤだ〟と思う

はずなんだ。でも、トレイズは、全然怒《おこ》らないし、今さっきは、〝助かるなあ〟とまで言ってホッとした」

「今度は、そっちが名探偵だな。参ったよ」

「まあ、どんな秘密《ひみつ》かは想像もつかないけど、探求はしない。それより——」

「ん？」

「今度、シュルツさんと一緒《いっしょ》に新聞部に顔を出さないか？」

「ほう」

「すると、まずメグが安心する。あと、秘密を知りたがっていたニコラス・ブラウニングという歴史マニアに会って、誤解か疑惑《ぎわく》を解消しておいてくれると、お互《たが》いサッパリすると思う」

「あはは。分かった、リリアに相談してみる。——学校は、楽しいな、やっぱり」

しみじみと呟《つぶや》いた言葉が、セロンの質問を呼ぶ。

「イクス王国では、上級学校行っていなかったのか？」

「え？　——ああ。小さな谷に住んでいたから、ずっと村の爺《じい》さん婆《ばあ》さんが家庭教師だった」

「それにしては、この学校で授業についてきているのは、正直凄《すご》いと思う」

セロンが感嘆《かんたん》し、

「どうもー」

トレイズは軽い口調で答えた。村にいた人達が、どれほど優秀《ゆうしゅう》な人達だったかは、一切喋《しゃべ》れない。

「でも、生徒としての基礎《きそ》知識はまだまだだなー。先日もリリアに、ロッカーの使い方をようやく教わった。大きな鞄《かばん》を持っていったら、呆《あき》れられてさ」

あのときか、とセロンが納得した。トレイズが続ける。

「ただ、自分のロッカー番号が生徒支援《しえん》室でも分からなくてさ、変だってことで調べてもらったら――、なんと、俺《おれ》のロッカーのことは忘れられていた！　教師が失念していたとか」

「そりゃまた、呆れた話で」

「結局、今日やっと自分のロッカーをもらえたんだけれど――」

トレイズの言葉を、セロンが横取りする。

「〝購買《こうばい》で鍵《かぎ》が売り切れていたから使えない〟」

「なんで知ってるの？」

「新聞部の取材の成果？　まあ、シュルツさんから聞いたメグが教えてくれた」

それからセロンは、夕方の部活で手に入れた情報を簡潔明瞭《かんけつめいりょう》に説明した。

ここ二ヶ月ほど、臨時ロッカーがいつもいっぱいで、こっそり部活で使っている人達が実に困っていること。間違《まちが》いなくそのためだろうが、購買で鍵が売り切れていること。そして、いい匂《にお》いがしたこと。

「……………」

黙《だま》って聞いていたトレイズは、汗だらけの顔に疑問符を浮《う》かべて、

「それ……、なんか……。いや……、こんなこと話しても、しょうがないけど……」

歯切れの悪い言葉を呟《つぶや》いた。

「ん？」

今度はセロンが、首を傾《かし》げる番だった。

「何か気になるか？　トレイズ」

「ああ……。ちょっとね」

「よければ聞かせてくれ」

「あー、どこから話したらいいものか。まず、それらの話を聞いて、一つ思い出したことがある。これは、あんまり気分が良くない話だけど、していいか？」

「どうぞ」

「俺の故郷《こきょう》イクストーヴァで、とある事件があった。二年前の話だ」

「事件か。――どんな？」

「首都クンストの一番大きな繁華街《はんかがい》の有料ロッカーに、赤ん坊《ぼう》の死体が隠《かく》されていた」

「なっ……。何があった？」

「とある若い女性が、こっそりと赤ちゃんを産んだんだが――、思いあまって殺してしまった」

「……それで？」

ほんの少しだが、悲しげな顔で聞いたセロンに、トレイズは淡々《たんたん》と答える。

「遺体の処理に困った彼女は、遺体を厳重にくるんで、鞄《かばん》に入れて、ロッカーに預け入れた」

「そんなの、すぐに腐臭《ふしゅう》でばれてしまっただろ？」

トレイズは、首を横に振《ふ》った。

「事件が起きたのは、真冬だった。アーケードの中とはいえ、イクストーヴァは猛烈《もうれつ》に寒いからね。ロッカーは、冷凍庫《れいとうこ》だったよ」

「でも、有料ロッカーには、得てして保管上限日数がある。それを過ぎれば、管理人がマスターキーで開けてしまう。少なくとも首都では、三日が限度だが」

セロンが言って、トレイズは頷《うなず》いた。

「ウチでもあった。そこでは、少し長くて五日間だった」

「じゃあ、やがては、ばれたんだな？」

「いいや。全然ばれなかった」

「…………。そうか！」

「おっ、何が分かった？　セロン」

「その女は、長くても五日おきに荷物を出して、すぐさま別のロッカーに移し替《か》えていたんだ」

「正解。——彼女は若くして働いていたんだけど、出勤の度《たび》に鞄を出して、すぐにまた別のロッカーに預けた。管理人には、本来禁止の副業をしていて、その着替えを入れているんだ、と嘘《うそ》を言っていた。冬の間に赤ちゃんの遺体はすっかりミイラ化して、春になっても夏になっても、もう腐《くさ》ることはなかった。女は、一年以上も、必死にお金を払《はら》ってロッカーを使い続けた」

「それ……、結局は、どうやってばれたんだ？」

「皮肉な結果だよ」

トレイズが、肩《かた》をすくめながら説明する。

「イクストーヴァは観光で潤《うるお》っているから、近隣《きんりん》国からお客が来るが、出稼《でかせ》ぎ犯罪者も来る。そんなゴロツキ達が、繁華《はんか》街《がい》のロッカーから金品を奪《うば》おうとしたんだな。管理人の隙《すき》をついて鍵《かぎ》を奪って、ロッカーの中身を片っ端《ぱし》から盗《ぬす》んだ。赤ちゃんのミイラを見つけた連中が、どれほど驚《おどろ》いたかは、想像に難《かた》くないね。そのあとすぐに警察に捕《つか》まって、事件が明るみに出た」

「そんなニュース、初めて聞いたよ……」

「うちは田舎《いなか》だからなー。まあ、国では大騒《おおさわ》ぎになって、女王からしてコメントを出して、若者の望まない妊娠《にんしん》について、避妊《ひにん》具《ぐ》の若者への配布問題から、妊娠中絶の問題まで議論に——、いや、まあ、そんなことはどうでもいい。そんなロッカー犯罪があったと、ここまでが、前置き」

セロンは、顔中の汗をタオルで拭《ふ》いた。のぼせ上がることを防ぐために、湯船から出ると、縁《ふち》に腰掛《こしか》けた。トレイズもそれに倣《なら》う。

お風呂は少しずつ混んできたが、まだ、二人の周りに人はいない。

セロンは、トレイズの言いたかったことを理解して、

「つまり、この学校の臨時ロッカーも、何か邪《よこしま》なことに使われている可能性がある。そう言いたいんだな、トレイズ」

真剣《しんけん》な表情のセロンとは対照的に、

「うん。——いや、まあ、実際にはそんなにたいそうなことじゃない可能性もあるけどね。あくまで、想像ね」

トレイズは、普段《ふだん》の口調で返した。

セロンの険《けわ》しい顔は続く。

「臨時ロッカーが急に埋《う》まったのは、この二ヶ月間ほどだ」

「らしいね。だから、それをやっているのは、特定の誰《だれ》か、または誰かさん達だろうね」

セロンは頷《うなず》いて、

「同意する。何年も空《あ》いていたのに、二ヶ月前から、自然かつ急に使う人が増えた、というのは考えにくい」

「やっている人を、仮に〝その人〟って呼ぶけど——」

トレイズはそう前置きしてから、

「〝その人〟は、何かをロッカーに隠《かく》したい。そして隠している。さっきの女みたいに」

「そうだ。それは、家にも寮《りょう》にも、絶対に絶対に持って帰りたくないもののはずだ……。はて、臨時ロッカーはかなりの数が埋まっていたけど、そんなに大量なのか……?」

セロンの自問に、

「いいや。俺《おれ》はそうは思わない」

トレイズは否定形で答えた。

「ロッカー一つで、十分に隠せるものだと思うよ。出し入れを繰《く》り返していると、さすがに目立ちすぎる」

「なるほど……。そうか！　臨時ロッカーのほとんどは塞《ふさ》がっていたが、その中に全《すべ》て物が入っているとは限らない……」

「そう。実際には、そのどれか一つか二つくらいにしか、隠したいものは入っていない。他は偽《ぎ》装《そう》であり、予備としてのキープだ」

「いつでも必ず臨時ロッカーが使えるように、大量にキープしてる。これで、常にほとんど埋まっている説明がつく」

「そうそう。これなら、持ち帰るリスクをゼロにできる。いざというときに、発見を遅《おく》らせるのにも多少は役立つ。誰だか知らないけれど、〝その人〟は実にいろいろ考えてるね。でも、だからこそ――」

「だからこそ、〝これは絶対に見つかりたくないという、強固な意志を感じる〟だろ？　トレイズ」

「そう。――例《たと》えばだけど、二十歳《はたち》未満が購入《こうにゅう》できないポルノ雑誌やお酒だと仮定して、こんなにも手の込《こ》んだことをするだろうか？　鍵代《かぎ》だってバカにならない。見つかっても、教師にこっぴどく怒《おこ》られるくらいですむだろうに」

「しないな」

「しないよな」

男二人が、同意。

セロンは、

「もし、俺《おれ》がここまでするとしたら――、やっぱり手が確実に後ろに回る物品しか思いつかない」

トレイズは、

「まったくもって同意。俺が思うに、多分隠《かく》しているのは――」

サラリと言った。

「違法《いほう》薬物だと思う」

「違法薬物……、麻薬《まやく》……。なぜそう思う？」

驚《おどろ》きで目を剝《む》いたセロンへと、

「ちょっとまた浸《つ》かっていい？」

トレイズはそう言って、湯船に肩《かた》まで浸かると、

「はー、気持ちがいい。お風呂はいいねえ。湯船文化――、万歳《ばんざい》！」

腑《ふ》抜《ぬ》けた声を出した。

「…………」

セロンが、同じように肩まで浸かり、さっきまでよりも近くに、トレイズに寄った。

混んでいない広い湯船に、男二人が肩をくっつかんばかりに入浴するその姿は、あらぬ誤解を与えそうだったが、セロンの意識はそんなところにはない。

「トレイズ。なぜ、違法薬物だと思う？」

「もちろん確証はないけど――」

トレイズが、質問に答える。

「甘《あま》い匂《にお》いがするって気づいた子がいただろ？」

「いたが……」

「女子は、男子よりずっと臭《にお》いに敏感《びんかん》だ。彼女の感じたのは、間違《まちが》いじゃないと思う。それは、少しでも怪《あや》しまれないように、ロッカーの中に香水がばらまかれているからだ」

「すると、誰《だれ》かが意図的に……。いや、〝誰か〟ではないな」

「だよね。〝その人〟だろうね。そして、匂《にお》いをそんなにまでしてごまかしたいのは、隠《かく》しているのが、匂いがする何かということだ。違法《いほう》な何かで臭《にお》いがする可能性があるのなら――」

「麻薬《まやく》。――そうか！　ロクシェ特製の、〝青いバラ〟って呼ばれる麻薬か！　割と特徴《とくちょう》的な臭いがすると聞いている！」

セロンの指摘《してき》に、トレイズはしっかりと頷《うなず》き、

「それそれ。首都だとそんな名前なのか。ロクシェ西部では〝首都薬〟とかって揶揄《やゆ》されてるよ」

セロンは、

「…………」

無言のまま大きく息を吐《は》いた。そして、

「仮に、臨時ロッカーに隠されているのが、その麻薬だとする……」

「ああ、仮にね」

「そして必然的に〝その人〟は――、第四上級学校の生徒になる」

「だよね。上級学校は、ある種の閉鎖空間《へいさ》だ。厳しいセキュリティで教職員と生徒しか入れない施設《しせつ》だし、あのロッカーを教職員が、つまり大人が頻繁《ひんぱん》に使っていたら、あまりにも目立つしね」

「では――、〝その生徒〟がしていることが見えてきた」

セロンの言葉に、トレイズは頷《うなず》いた。

「そう。――麻薬《まやく》の運び屋だよ。〝その生徒〟が、校内で麻薬を作っている可能性は、ゼロではないけど低いよね。作ったら、さっさと運び出したいだろう。校内に置いておきたくはない。校内で売りさばいている可能性はさらに低い。だから、最後に残るのは運び屋だけ。生徒が麻薬組織に属している可能性は低いから、どこかに、体よく下っ端《したっぱ》としてこき使われているんだろう。中身が麻薬かどうかも、実は知らないのかもしれない」

「運び屋だが、一時保管屋でもあるんだな……。〝その生徒〟は、学校の外で、例《たと》えば人通りの多い繁華街《はんかがい》などで、どうにかして薬物を受け取る。登校したら、臨時ロッカーに隠《かく》す。それから、〝その生徒〟、または別の誰《だれ》かが、要望に応じてロッカーから持ち出し、校外で誰かに渡《わた》す」

「そう。――ただ俺《おれ》は、単独犯だと思うよ。〝その生徒〟が一人でやってる」

トレイズが言い切ると、

「なぜ？　受け取りと受け渡し、別々にした方がばれにくくないか？」

セロンが理由を訊《たず》ねた。

「一人だけなら、取り分を巡《めぐ》って仲違《なかたが》いもしない。どちらかがビビって密告《みっこく》することもないし、もう一方が密告されないか疑心暗鬼《ぎしんあんき》になることもない。そして、いざとなれば一人を始末すればいいだけだ。同じ学校から二人の死者が同時に出たら、怪《あや》しまれるけど、一人なら〝不幸な事故〟だ」

「なるほどな……。じゃあ……、第四だけじゃないんだろうな……」

「だろうね。多分、首都の学校で、同じようなことをしている輩《やから》がいるはずだ。上級学校の閉《へい》鎖《さ》性を利用した、賢《かしこ》い犯罪さ」

「………」

黙《だま》り込《こ》んだセロンと、

「………」

黙り込んだトレイズは、それからすぐに湯船から出て、スタスタと洗い場を進み、脱衣所《だついじょ》で体を拭《ふ》いて服を着て、すぐさま水を、腹をはち切らんばかりの勢いでがぶがぶと飲んだ。

休憩用のイスに倒《たお》れ込んだ二人は、

「のぼせた……」「のぼせた……」

他の生徒達に呆《あき》れた視線を向けられながら、赤ら顔で言葉を交わす。

「いやー、セロン。盛り上がったなー。アホ話」

「まったくだー。トレイズ。……なんだっけ？」

「えっとだなー、なんだっけ？」

「なんだっけなー？」

第八章

新聞部、動く

第八章「新聞部、動く」

「臨時ロッカーを、見張るべきだと思う！」

新聞部の部室で、セロンが珍《めずら》しく声を張り上げた。

六人揃《そろ》ったところでお茶を飲み始めた、あるいは今日のお菓子《かし》の〝首都で有名な味の濃《こ》い癖《くせ》になる揚《あ》げ菓子〟を食べ始めていた部員達五名が——、
一斉《いっせい》に首を傾《かし》げて、セロンを見た。

「あ、いや、大声を出してすまない。実は、一つ、とても気になることがあるんだ。新聞部で調べてみたいことが」

「どんな？　セロン」

ラリーが聞いた。

窓《まど》の外では、急に降り出した雨が、強さを増していた。その雨音に負けないように、セロンは説明をする。

昨日トレイズと語った、臨時ロッカーに関する推理。

ただし、トレイズの功績は秘密《ひみつ》にした。もし言うと、新聞部の興味がトレイズに戻《もど》りかねな

い。

お茶を飲みながら、お菓子を食べながら聞いていた部員達は、まずはラリーが、

「そりゃあ、もし本当だったら大事だな！　やろうぜ！」

継《つ》いでメグが、

「ちょっと、怖《こわ》いのです！」

そしてニック、

「実に見事な推理ですね。面白そうです。新聞部として、調べるに足る事案だと思いますよ。別に、僕《ぼく》の提案が干されたから皮肉っているわけではなく」

次はジェニー、

「可能性としては、あるわね」

最後にナタリア。

「えー、ちょっと嘘《うそ》っぽい。――それより、揚げ菓子はこれで終わりかね？　そこにちょっと取ってあるのはどうしたんだい？　神様へのお供え分かい？」

「それはセロンの分だ！」

ラリーに厳しく言われ、

「じゃー、しょうがないなー。セロン君のぶんならなー」

ナタリアは子供みたいに拗《す》ねながら諦《あきら》めた。セロンが、

「ああ、ナーシャ、もしよかったらどうぞ」

「神だあ！　神はここにいた！」

「セロン、ナータを甘《あま》やかすな」

「ラリー。お前、一生恨《うら》むぞ」

「安い一生だなあ」

「じゃあナーシャ、半分どうぞ。——残りは食べる」

「あいよー！」

言われたとおりキッチリ半分を分捕《ぶんど》ったナタリアは、ポリポリと食べながら、

「で、実際どうするのさ？　見張るつったって」

「それを話したい。ジェニー？」

セロンに話を振《ふ》られたジェニーは、腕《うで》を組んで、数秒思考。

「そうね。——休み時間に臨時ロッカーエリアに張り付くという方法はあるけど、いろいろな授業で試験が始まったから、あまり現実的じゃないわよね」

部員達が頷《うなず》いた。休み時間は教室移動が多く、前を通る程度ならともかく、ずっとそこにいるわけにはいかない。

ニックが、

「セロンの話だと、誰《だれ》か一人がロッカーを頻繁《ひんぱん》に使っていると推定されるわけですが——、僕《ぼく》

達が交互《こうご》に見張ったとして、誰が〝その生徒〟か分かりますかね？　その人の顔を全員が覚えるなんて不可能ですよ」

だな、とラリーが同意。セロンも頷《うなず》いて、

「写真ならどうだろう？　ジェニー。休み時間に、ロッカーエリアを遠くから撮影《さつえい》する。数日続けてから写真を分析《ぶんせき》して、明らかに同じ生徒が複数のロッカーを不自然に使っていれば分かる」

ジェニーが、ニヤリと笑いながら言う。

「望遠で張り付くには人員が足りないし、時間もかかりすぎるわ。それより、もっと近くから、断続的に撮《と》る方法がある」

ナタリアは、眼鏡《めがね》をキラリと輝《かがや》かせながら、

「ほう、どんな？　――セロンの揚《あ》げ菓子《がし》をあげるから、教えてくれるかい？」

＊　　＊　　＊

三日後、二十二日のこと。

天気は晴れ。時間は昼の少し前。

休日で誰もいない学校、その中央棟《とう》の臨時ロッカーエリアに、セロンとラリー、そしてジェ

ニーの姿があった。〝部活動として、校内の記録写真を撮《と》る〟という名目で登校し、校舎に入っていた。

三人とも、普段《ふだん》通りの制服。ジェニーはレンジファインダーカメラと革《かわ》製のカメラバッグを持つ。ラリーとセロンは、大きなダッフルバッグと革製のハードケースを、重そうに肩《かた》から提《さ》げていた。

休日なので教師はほとんどいないが、職員、そして警備員は定期的に巡回《じゅんかい》している。

「来たらすぐに教えなさいよ」

ジェニーは二人にそう言うと、臨時ロッカーの一つの前に立った。

コの字型に配置された臨時ロッカーエリアの、奥《おく》まった部分、ほぼ中央にあるロッカー。

セロンが一昨日《おととい》のうちに、臨時ロッカーエリアをうろつき、偶然空《ぐうぜんあ》いていたのをすかさず確保しておいたものだった。

ここに、三年以上愛用の南京錠《なんきんじょう》を使っているので、セロンの常用ロッカーは、今は中身が空《から》になっている。

ジェニーはセロンから預かった鍵《かぎ》でロッカーを開けると、

「やるわよ。大丈夫《だいじょうぶ》？」

「ああ」「ああ」

見張りの二人からの返事を聞いて、大胆《だいたん》な行動に出る。

木製のロッカーの扉《とびら》、そのスリットに、バッグから出した大型ペンチを当てると、「そりゃ」

四枚あるうちのその一枚を、力任《まか》せにねじり取った。べきっ、と乾いた音がして割れて、スリットの一つが外れた。

ロッカーは長年使われているので、スリットの一つや二つが欠けているのは珍《めずら》しくない。ただ、あえてそれをやれば、器物損壊《そんかい》で教師に怒《おこ》られるのは間違《まちが》いない。

外したスリットはすぐにロッカーの奥にしまって、ジェニーは別の工作を開始する。

ダッフルバッグを開けて、まずは中に入っていた小型の三脚《さんきゃく》を、足をすぼめたままロッカーに入れる。高さを調整して、ずれないようにロッカーの内側に粘着《ねんちゃく》テープで固定する。

続いて、三脚の上に、ハードケースに入っていたカメラを据《す》え付ける。

それは、レンジファインダー式カメラの後ろに、別の機械を取り付けたような、異形の大型カメラだった。カメラからは、太い電気ケーブルが伸《の》びている。

ジェニーは、ダッフルバッグから大きな箱を取り出すと、両手で持ち上げて、ゆっくりとロッカーの底に置いた。それがかなり重いことが、ロッカーの底が軋《きし》む音で分かる。カメラからのケーブルを、箱のコネクターに繋《つな》ぐ。

見張りつつ作業を覗《のぞ》いたラリーが、

「いつものことだけどさ、すげーよな」

感嘆《かんたん》の言葉を漏《も》らした。

それは、最新式の定点監視《かんし》カメラだった。野生動物の監視や、天体撮影《さつえい》、スパイ行為《こうい》などに利用されている。

下に置いた箱はバッテリーで、電源をカメラに供給する。カメラには機械式のタイマーと、フィルムを巻き上げてシャッターを切るための小型モーターが内蔵されている。あらかじめ設定された間隔《かんかく》で、カメラは自動的に作動する。シャッターを切って、ゆっくりと、静かにフィルムを巻き上げる。

「叔父《おじ》さんに借りてきたって言ったよな。これ一式で、いったい幾《いく》らするんだよ……？」

「知らない方がいい。万が一このロッカーから盗《ぬす》まれたら、アンタ、ウチの会社で三年ほどタダ働きね」

「おっかねえ。オレのロッカーの鍵《かぎ》も取り付けておくかな……」

ジェニーは最後に、カメラに三十六枚撮《ど》りの白黒フィルムを装塡《そうてん》した。

ハーフサイズと呼ばれる、本来の一コマを二コマに分けて撮影するカメラなので、連続で七十二枚までは撮影できる。

露出《ろしゅつ》、つまり絞《しぼ》り数値とシャッター速度を経験から決めて、最後にレンズ位置を微《び》調整《ちようせい》。

広角レンズなので、臨時ロッカーエリアがまんべんなく写る。

最後にロッカーの扉《とびら》を閉めると、スリットをよほど注意深く覗《のぞ》かなければ、またはあえて懐《かい》中電灯《ちゅうでんとう》などで照らさなければ、中のレンズは見えない。

「よし。これでいい。テスト撮影するぞ」

ジェニーが作動スイッチを入れた。一分おきにタイマー数値をダイヤルでセットして、扉を閉めて鍵を閉めた。

それから三人は、部活動をしているようなそぶりで、写真を撮るフリなどをしながら、ロッカーエリアをウロウロと歩く。

一分ごとにカメラが作動して、静かな廊下《ろうか》にシャッター音が響《ひび》いた。今でこそ聞こえるが、喧噪《けんそう》に満ちた平日の休み時間なら、絶対に気づかれない程度だった。

「もし気づかれたら、どうする？」

ラリーの問いに、ジェニーが答える。

「〝新聞部の定点観測撮影だ〟と言い張るだけよ。〝その生徒〟が言ってきたら、追求する」

「なるほど」

結果に満足しつつ、三十分ほどその場で時間を潰《つぶ》し、テスト撮影を終える。

巻き戻《もど》したフィルムを取り出し、三人は新聞部の部室に移動。ジェニーは、すかさず現像を始めた。

待っている間、セロンとラリーは寮食《りょうしょく》へ行き、昼ご飯を手に入れる。

今日のメニューは、ライ麦パンに、具だくさんのポテトサラダと、カリカリに焼いた刻《きざ》みべーコンを挟《はさ》んだサンドイッチ。リンゴ一個を丸ごと。そして、ラリーの用意した飯盒《はんごう》で運んだ、鶏肉《とりにく》とニンジンがゴロゴロと入ったホワイトシチュー。

新聞部の部室で、三人は昼食を開始する。

「どうだろう、一日ではさすがに引っかからないかな？」

セロンが聞いて、サンドイッチを食べていたラリーが、

「三日くらいはやるか？　休み時間が定期的だから、その間にタイマー設定すれば、七十二枚ならかなり持つだろ？」

ティーカップでシチューを食べていたジェニーは、

「そんな悠長《ゆうちょう》なことやってられないわ。タイマー設定は五分おきよ。朝作動させて、七十二枚を六時間で撮《と》りきる。フィルムは毎日取り出して、現像する」

セロンが同意する。

「そうだな。それなら、休み時間の間も二枚撮れるから、〝その生徒〟を捉《とら》える確率が上がる。授業時間中にロッカーに来るかもしれないし」

ラリーは、なるほど、と納得した。

食事後、現像され、プリントされた写真を三人で見る。

引き伸《の》ばしてプリントすれば、そこにいる人間の顔はかなり判別できた。当然、角度の関係からカメラ左右のロッカーは写らないが、こればかりは仕方がない。

「素晴らしい。これで明日から実行だ」

セロンが満足げに言って、

「さすがだよ、ジェニー」

「……なあに、もっと誉《ほ》めてもいいわよ」

「オレからも喝采《かっさい》を浴びろ！　この部は最高だ！」

ラリーは、そう言ってジェニーの小さな肩《かた》を叩《たた》いた。

「ふっ――。今度はみんながいるときにね」

珍《めずら》しく微笑《ほほえ》んだジェニーに、セロンが質問。

「これは肝心《かんじん》なことだが――、もし、明らかに〝その生徒〟だと確定したら、どうする？」

「そうね……、難しいトコロね」

考え込《こ》んだジェニーに、ラリーが意外そうな顔をして、

「え？　サクッとハートネットさんに連絡《れんらく》しちまえばいいじゃんか」

かつてこの学校での騒動《そうどう》で知り合った、そして合宿先のエアコ村でも行動を共にした、連邦《れんぽう》警察の捜査員《そうさいん》の名前を出した。

ジェニーが、

「無理よ。まだ、違法《いほう》薬物どころか、非合法品が入っているという確証だってないのに。それとも、〝その生徒〟をニックに締《し》め上げてもらって、ロッカーの中を見せてもらう？　彼女と

の微笑《ほほえ》ましい交換《こうかん》日記でも出てきたら、どうする?」

「……いや、まあ、確かにそうか」

セロンが、

「やはり、しばらく彼、または彼女を見張るしかないな」

「そうね。そうなったときの戦略はまた練るとして、ひとまず、数日間は装置を信じて待ちましょ。現像はわたしがやっておく」

「その間、暇《ひま》だな? やることがないよな……」

ラリーの声に、

「いや、勉強しよう」「いや、勉強しなさいよ」

二人の声が重なった。

*　*　*

第五の月、四日。

今学期最初のテスト期間が始まり、それも後半戦に入っていた。

この数日間は、部活動が基本的には禁止になっている。活動を見られると、教師に注意される。顧問《こもん》が名目だけの新聞部も、部員達は大手を振《ふ》って部活には来ない。

ジェニーだけは別で、朝早く来ると、こっそりとロッカーから撮影《さつえい》済みフィルムを回収、新しいフィルムを装塡《そうてん》して、装置を作動させておく。

昼休みに現像して、人が写っていれば大判でプリントもしている。その間、予備バッテリーの充電も欠かさない。

放課後、重いバッテリーの交換を手伝うのは、セロンかニック。ラリーが立候補したが、〝勉強しろ〟と命じられて役目から外れた。

部活では会えないので、セロンは、メグと昼食を取ることが多くなった。

太陽の光が明るく差し込《こ》む学食テラスに二人で座っていると、

「ほら、あの二人よ」

「ああ、婚約《こんやく》したっていう」

などとカップルに噂《うわさばなし》話をされるが、

「もう慣れました！　事実ですから！」

メグは笑顔でいなすようになっている。

今日の昼食メニューは、セロンが、アボカドを挟《はさ》んだ甘辛《あまから》ソースのハンバーガーと、アンチョビドレッシングをまぶした温野菜サラダ。

メグは、数種のチーズをブレンドした濃厚《のうこう》チーズリゾットと、蒸したササミ肉を載《の》せたサッパリサラダ。

すぐ隣《となり》の席に座っていた生徒達が席を立ったのを見て、メグはセロンに小声で問いかける。

「〝例の撮影《さつえい》〟……、どんな調子でしょうか？」

監視《かんし》を開始してから十二日目になるが、

「今のところ、ジェニーからこれといった報告は、ない。まだ、確定するに足る情報はないようだ」

セロンは答えた。

「ただ、写真そのものは、そうとう貯《た》まっているはずだ。今日あたり、俺《おれ》も部室に顔を出そうと思う。今までの写真を調べ直す」

「私も、行ってもいいですか？」

「…………」

「最近、成績上がってきてるんですよ？」

「分かった。——じゃあ、放課後にまた会おう、メグ」

「了解です！　セロン」


放課後。

いつもより早く、セロンは部室に入る。

鍵《かぎ》を開けてドアを開けると、中には既《すで》にジェニーがいて、プリントした写真を、乾かすために紐《ひも》に洗濯《せんたく》ばさみでぶら下げているところだった。

「よっ。——首尾《しゅび》はどうだ？」

「ちょうどいいところに来た。二人ともこれを見ろ」

「二人？」

セロンが首を傾《かし》げ、そして振《ふ》り向くと、

「あ！　気づかれました！」

メグがセロンの背中を片手でトン、と押《お》そうとしているところだった。

「っ！」

目を剝《む》いて驚《おどろ》いたセロンが、

「ぜ、全然、気づかなかった……」

「えへへ。靴《くつ》を脱《ぬ》いで、足音を消してみました。靴下は、自分で洗濯します」

にこりと笑いながら、セロンの脇《わき》をするりと通り抜《ぬ》けて、メグが入室。ソファーに座ると、革靴《かわぐつ》をはき直しはじめた。

自分の胸《むね》に手を当てながら、セロンはドアを閉めた。鞄《かばん》をソファーに置いて、ジェニーが手招きする、作業机の前に。

ジェニーは、撮《と》った写真を一面に並べていた。四つ切りサイズという、およそ二十五センチ×三十センチの大きさでプリントされている。

写真は、定点撮影《さつえい》なので、当然写っている背景に変化はない。ロッカーが左右に、延々《えんえん》先まで並んでいる。

そして、ロッカーに出し入れする、または近づく、もしくは遠のいていく生徒達が、ちらほらと写っている。生徒達は、女子、男子、学年――、見事にバラバラ。

「誰《だれ》も写っていないのは、当然焼いてないわ。時間は、左上から、古い順。授業時間に出し入れしている生徒は、誰もいなかった。もちろん、単に写っていないだけという可能性はある」

ジェニーが言った。

「ここまでで、不自然に見える生徒は、いたか？」

セロンの問いに、

「昨日までは、分からなかったんだけどね。今日――、いや、今さっき、判明した」

ジェニーはニヤリと笑いながら答えた。

ジェニーは、写真の左側から、

「見て。これ。これ。これ。これ」

一つずつ指さしていく。合計六枚を指し示して、セロンはその写真を覗《のぞ》き込《こ》むために上半身を乗り出して、

「…………」

すぐ隣《となり》に迫《せま》ってきた、メグの体に気づいて身を引いた。

「……チョイ待て、まとめてやる」

ジェニーがそう言って、指定した六枚を丁寧《ていねい》に取り上げて、まとめた。そのままソファーに移動して、テーブルの上に横に並べた。

セロンとメグは、ソファーに並んで座った。今度は一枚ずつ手に取って、しっかりと見ては、隣に手渡《てわた》ししていく。

「確かに、同じ生徒が写ってる……」

「分かります！　この男子ですね！」

同じ背景の中に、同じ生徒の姿があった。

細身で、背が低い男子。とはいえ年齢《ねんれい》が若いわけではなく、四年生のセロン達と同じかそれ以上。やや長くぼさぼさで、色が明るめの髪《かみ》。顔が写っている一枚からは、気弱そうでおとなしい印象を受ける。

ジェニーが説明する。

「そうやって、たくさんの写真に写っている生徒は、彼だけじゃなかった。他にもたくさんいたわよ。でもわたしは、そいつだと信じる」

「では、何をもって、彼が〝その生徒〟だと思うに至った？　ジェニー。別に、顔と名前を知っている生徒というわけでもなさそうだし」

「そうですよ。これで写真を見ただけでは、〝同じ日に別のロッカーをいじっていた〟のは分からないですよね？」

　セロンとメグが、質問をぶつけた。

　質問しておきながら考えもしたのか、セロンが、

「写っている時間が必ず同じだったとか？」

「いいえ。時間はバラバラ。一応右下に、小さく日時が書いてあるけど」

　ジェニーの言うとおり、写真の右下に、撮影日《さつえいび》と、タイマー設定と撮影枚数から計算した、撮影時間が書いてあった。六枚のそれは、午前の休み時間だったり昼休みだったり放課後だったり、見事にバラバラだった。

「まて、よ……」

　セロンが、ポツリと呟《つぶや》く。一枚一枚、もう一度、写真の日付を確かめていく。

「最初の一枚は、先月二十四日、つまり十日前の午前中。次が、二十六日の昼休み。次の二枚は、二十八日の朝と放課後。そして、最後の二枚が、今月二日、つまりは一昨日《おととい》の昼……。ああ、分かった！」

　セロンが写真から顔を上げた。

　不思議そうな表情のメグと、不敵な笑みを浮《う》かべるジェニーへと、セロンは答えを叫《さけ》ぶ。

「ジェニー、この彼は、雨の日しか来ていない！」

「正解。大した記《き》憶力《おくりょく》ね」

「おお！　確かに、今聞いたのは雨の日でした！」

メグは声を上げた。ジェニーが続ける。

「わたしはね、膨大《ぼうだい》な写真の中から、何か法則性がないか探してみたの。もちろん、分かる範《はん》囲《い》でね。まず、必ず同じ時間に来た人はいなかった。あと、必ず違《ちが》うロッカーを使う人も分からなかった。まあ、インターバル撮影じゃ、それを押《お》さえるのは無理よね。映画でも撮《と》れれば話は別だけど」

「ああ。でも――」

「その中で唯一《ゆいいつ》見つけた、法則性に則《のっと》って行動している人が〝彼〟。彼は、絶対に、雨の日しかこの臨時ロッカーエリアに来ない。つまり、雨の日に、校外で何かを受け渡《わた》している。視界が悪くなり、臭《にお》いが紛《まぎ》れる雨の日は、受け渡しにもってこいだからね」

セロンは、満足げに頷《うなず》いた。

「素晴らしい。ジェニー。これから数日、彼だけを重点的に追いかける理由には十分だ」

「どうもー」

「すごいです！　ジェニーさん！」

「まあねー」

セロンは、彼の顔が一番よく分かる一枚を残して、残りをテーブルの上に置いた。

「次の段階だ。――彼が誰か、探《さぐ》る。難しくないよな？　ジェニー」

ジェニーは、答えるのが面倒《めんどう》くさそうな顔をして、

「二日後。テストが終わった日。部室に全員集合ね。——伝達よろしく」

＊　　＊　　＊

二日後の六日。

テスト期間が終わり、明日と明後日《あさって》は休日になる。

晴れた放課後の学校は、今までの鬱憤《うっぷん》を晴らすかのように賑《にぎ》やかだった。部活動が再開し、遠くから運動部のかけ声や、オーケストラ部の演奏が微《かす》かに響《ひび》いてくる。

「オケ部、出なくていいのかよ？　ナータ」

部室の換気《かんき》をしながら、ラリーが訊《たず》ねて、

「いいんだよ～。部長命令の～、全員集合さ～」

ナタリアは、丸い作業イスに長い足を組んで座り、愛用のギターをかき鳴らしながら、歌って答えた。

「それより～、アンタのテストは～、名前書き忘れなかったろうね～」

「ねーよ！」

「ならば～、選択《せんたく》で～、二点は取れたろうね～」

「今回は頑張《がんば》ったんだ。赤点以上は、取れてるだろうさ」

「ああ～、志《こころざし》が～、低い～」

「うっせー」

ナタリアが数曲演奏し、ラリーが換気とお茶の準備を終えた頃《ころ》に、部員達は全員集まった。

ソファーに座った六人の前に、お茶と、今日の菓子《かし》である首都百貨店謹製《きんせい》パウンドケーキが並ぶ。

「諸君、食べながら聞いとくれ――」

ジェニーが、〝彼〟の予想がついたまでの経緯《けいい》を説明した。

「――とまあ、弱いといえば、弱いんだけどね。ここまでで質問は？」

「ある。ケーキのお代わりは？」

「ラリー、新しいの一つ開けて出しておいて」

「あいよ……」

「他の質問は？」

返事がないことを確認して、ジェニーは、何枚かの写真を取り出した。

それは、例の男子生徒を隠《かく》し撮《ど》りした写真。撮影者《さつえいしゃ》が誰《だれ》なのかは、言うまでもない。

校内を歩いているところを、遠方から望遠隠し撮りされた全身姿が数枚と、かなり近くからのスナップショットが一枚。白黒ではあるが、どれも鮮明《せんめい》であり、人物特定にはまったく問題はない。

「相変わらず、いい腕《うで》ですねえ。敵に回したくないですよ」

ニックが賞賛《しょうさん》した。ラリーがナタリアにケーキを運んできて、ソファーに座った。

ジェニーが、この二日で調べ上げた情報を伝えていく。

「彼の名は、〝フリオ・エデルマン〟。十七歳《さい》。当学校五年生、留年なし。成績は上の下。住所は、首都南大通り三の四。ずいぶん遠くからの、電車通学。所属部活は、なし。あまり友達は多い方ではないようで、彼を詳《くわ》しく知る人はいなかったわ。まあ、あんまり詳しく聞けなかったけどね。誰か、少しでも何か、彼について知ってる？　一度でも、一緒《いっしょ》の授業取った記憶《きおく》は？」

五人が、揃《そろ》って首を横に振《ふ》った。ジェニーが続ける。

「昨日と、今日、わたしはちょっとだけ彼を追いかけてみた。残念ながら、臨時ロッカーに近づいた形跡《けいせき》はなし。まあ、晴れていたからね。写真の中で、彼が使ったと思えるロッカーを調べてみた。匂《にお》いについては気づかなかった。これは偶然《ぐうぜん》かもしれないが、使われていた鍵《かぎ》は皆《みな》同じ、購買で売られているやつだった。ひとまず以上」

セロンが、

「ありがとう、ジェニー。フリオ・エデルマンだな。外での会話では、今まで通り名前は出さないようにするが、ひとまずここは〝エデルマン〟と呼ぼう。先輩《せんぱい》を呼び捨てにして悪いが」

ニックは、

「じゃあ、今後は、このエデルマンをどうします？　もちろん、まだ悪いことをしていると決まったわけではないですから、ロッカー前で待ち伏《ぶ》せして、締《し》め上げるのはムリですよね？」

「血の気が多いぞ、ニック。ひとまず雨の日を重点的に見張って、動きがあったら尾行《びこう》するしかないだろ？」

ラリーが答えて、まあ、それしかないかな、とジェニー。ケーキのお代わりを平らげたナタリアが、どうやって？　と質問した。

「カーツとリトナーに頼《たの》む」

ジェニーが、自分のボディーガード兼《けん》運転手の名前を出した。エドワード・カーツは四十代の逞《たくま》しい男で、エルザ・リトナーは二十代後半の女性。夏の合宿などで、新聞部の面々とは面識がある。

「車が必要なら車で、徒歩なら徒歩で。我々《われわれ》が参加してもいいが、基本はカーツ達にやってもらう。万が一、最悪の予想が当たって、エデルマンが麻薬《まやく》組織の運び屋だったとする。相手は犯罪者だ。気をつけるに越したことはない。我々は、学校内でできるだけのことをやり、伝えるに足る情報を集めたら、警察に通報する。異論は認めん」

ジェニーの言葉に、皆が真剣《しんけん》な表情で頷《うなず》いた。

ラリーは、明るい口調を作って、

「まあ、実際まだ何を隠《かく》しているのかなんて分からないしな！　見つけてビックリ、母親へのプレゼントかもしれないぜ！」

「なぜ、ロッカーに隠《かく》す？」

ナタリアが聞いて、

「いや、オレに聞かれてもな」

ラリーは答えた。

第九章

エデルマンの罪

第九章「エデルマンの罪」

第五の月、九日。

二日ある休日が終わり、またいつも通りの平日へとカレンダーが切り替《か》わった頃《ころ》、首都では激《はげ》しい雨が降り出した。

朝、いつも通り早起きしたセロンは、窓越《まどご》しに水に煙《けむ》る世界をしばらく眺《なが》めてから、

「…………。今日かもな……」

寮《りょう》のロビーに並ぶ公衆電話ブースへと入った。


放課後。

強い雨が降りしきる中、中央棟《とう》の臨時ロッカーエリアに、エデルマンの姿があった。

写真の通り、小柄《こがら》でおとなしめの印象。髪《かみ》の色は薄《うす》い茶色。鞄《かばん》を背負って、手には大きめの傘《かさ》を持っている。

エデルマンは、真《ま》っ直《す》ぐ臨時ロッカーの一つに向かい、そこで鍵《かぎ》を開けた。

ロッカーの扉《とびら》を開けて、その前にしゃがむ。鞄を前に下ろし、扉で隠《かく》しながら、何かを入れ

た。

そして立ち上がると、鞄を背負い直す。そのロッカーには鍵をかけず、チラチラと見回し、空《あ》いていた一つのロッカーに近づくと、一度開けて中身が空《から》なことを確認。そこに、今外したばかりの鍵を閉めた。

近くには、別のロッカーに荷物を入れていた女子生徒もいたが、エデルマンの行動を気にした様子はない。

エデルマンは、ゆっくりと、中央棟《とう》出口に向けて歩き出す。

「隠れろ！」

ラリーの声で、二人は身を隠した。

中央棟のロッカーの脇《わき》で、立ち話をしているフリをしながら、交互《こうご》に臨時ロッカーエリアに目を向けていたセロンとジェニーだった。

三人は、ロッカーエリアを少し外れて、廊下《ろうか》を十メートルほど進む。そして振《ふ》り向くと、エデルマンが通り過ぎていた。

ジェニーが、

「見事に予想通りね」

ラリーが、

「何を出し入れしているかは、まったく見えなかったな」

セロンが、

「大きく重い物でないことだけは、確かだ」

そして三人は、別の出入口から中央棟《とう》を出て、傘《かさ》をさして、小走りで校門へと向かう。

学校に、生徒が出入りできる校門は一つだけしかない。セキュリティの関係だが、おかげで追跡《ついせき》は容易《たやす》い。

早めに校門を出て、ロータリー手前で、三人は待つ。仲間を待っているかのようなそぶりで、実際はエデルマンを待つ。

果たして、それほど経《た》たずに、鞄《かばん》を背負ったエデルマンは現れた。猫背《ねこぜ》の姿勢が、彼をより小さく見せる。他の生徒達に紛《まぎ》れて見失いそうになるのを、三人は必死で目で追った。

エデルマンは、送迎車《そうげいしゃ》で混み合うロータリーを歩いて抜《ぬ》けて、大通りへと出た。

「やはり、路面電車ね」

ジェニー達三人は、ロータリーに止まっていた、他の送迎車に比べればコンパクトな、大衆車へと走り寄った。

首都ではタクシーによく使われる、ジョーンズ自動車製の、黒い普通乗用車。

ジェニーは助手席のドアを開けると、

「カーツ、お願い」

そこから降りてきた、四十過ぎの男に命令した。

ボディーガードのカーツは、普段《ふだん》の黒いスーツとは違《ちが》い、灰色の地味なものを着ていた。手には、勤め人がよく持っている鞄と、黒い傘。体格の良さをさっ引けば、普通のビジネスマンに見えないことも、ない。

「了解です。お嬢様《じょうさま》、車からは降りないように。――エルザ、頼《たの》んだぞ」

カーツは、ジェニーと、運転席にいる黒髪《くろかみ》の女性にそう言い残すと、エデルマンの尾行《びこう》を開始した。

「さて、と。行くわよ」

「こんにちは、リトナーさん」

「お世話になります」

ジェニーとラリーとセロンは、傘を畳《たた》みながら、後部座席に並んで乗り込《こ》む。助手席は目立つので、誰《だれ》も座らない。後部座席はカーテンがあるので、それを半分閉じた。

エデルマンとカーツの姿は、人混みに紛れてすぐに見えなくなった。ロータリーは混むので、そこから出るのに、車はしばらく待たされる。

「エデルマンは、まず路面電車で首都西駅まで行く。そこから、南駅までは環状線で。さらに南駅からは首都南北線。二回乗り換《か》えよ」

後部座席中央に座るジェニーが、首都の路線図を見ながら言った。環状線も南北線も、首都の中を繋《つな》ぐ近距離《きんきょり》路線。

車は、ひとまずは西駅で待つ計画になっている。リトナーの運転で、渋滞《じゅうたい》がまだ始まっていない首都を走り出す。

「すると、途中《とちゅう》で繁華街《はんかがい》はよく通ることになるな」

右に座るセロンが言って、

「人通りが多い場所だ。いくらでも、ブツの受け渡《わた》しができるな」

左に座るラリーが、楽しそうに言った。

エデルマンを尾行《びこう》するカーツは、もしエデルマンが誰《だれ》かと接触《せっしょく》したら、その様子を覚え、それ以上は追わないことにしている。正式な許可を持って拳銃《けんじゅう》すら所持しているカーツとて、麻《ま》薬《やく》組織と喧嘩《けんか》する気はない。

首都の太い道を通り抜《ぬ》け、車は、割とあっさりと首都西駅に到着《とうちゃく》した。路面電車は停車《ていしゃ》が多いので、まだ二人は着いていないはずだった。

首都西駅前の、路面電車停車場が見える位置に、リトナーは車を止めた。この位置からなら、降りる乗客の姿がよく見える。

次々に路面電車が来ては、西駅を使う乗客を吐《は》き出していく。雨は相変わらず強いが、夕暮れまでの時間は、十分にある。

何本目かの路面電車が、到着した。二両連結させた車両から、一斉《いっせい》に乗客が降りて、

「いた！　後ろの車両！」

ラリーの言うとおり、エデルマンと、カーツの姿があった。

「寄り道しないのなら、エデルマンはすぐに西駅に入るはずだ」

セロンが言った。そして、四人が注視する中、エデルマンは他のほとんどの乗降客と同じように、屋根のある通路を歩き、西駅の大きな建物の中に——、入っていかなかった。

「おっ！」「あっ！」「…………」

エデルマンは、傘《かさ》をさすと通路から外れて、歩き出した。

向かう方向は、駅の表の百貨店ではなく、裏になる繁華街。

そこは、夜には飲食店のネオンサインが燦《きら》めく裏通りだが、この時間では、空《あ》いている店などない。ただの、人通りの少ない場所でしかない。

「やっぱり……」

ラリーの呟《つぶや》きに、

「まだ、将来の下見に行くだけって可能性はあるけどね」

ジェニーが皮肉を言った。

カーツは、少し距離を置いてから、尾行《びこう》を始めた。人通りが少なくなるので、注意深く距離を取る。

「出します」

リトナーが、車を走らせる。太い通りから、片側一車線の道へ入る。駐車《ちゅうしゃ》する場所を探しているかのような運転で、のろのろと、二人の後をついていく。

「なあ、エデルマン、あんな荷物持っていたか？」

目がいいラリーが、そう訊《たず》ねた。

ジェニーとセロンが、遠くに目を凝《こ》らす。どうにか見えたエデルマンの背中には、鞄《かばん》がある。そして、傘《かさ》を持たない左手には、布製の袋《ふくろ》を提《さ》げている。

「お弁当入れかしらね」

ジェニーが言ったとおり、食事を入れてちょうどよさそうな、小さくも大きくもない巾着《きんちゃく》袋だった。

「今さっき、鞄から出したんだろうな」

セロンが言った。エデルマンが、さらに細い通りへと、左に曲がった。

姿が見えなくなったが、慌《あわ》てて追いかけるわけにはいかない。車より先に、カーツが歩きで続いた。

ヤキモキする数十秒が過ぎてから、車は通りへ近づき、曲がらずに一度止まる。

左側に見えたのは、開いていない店が並ぶ、細い繁華街《はんかがい》。車は入れそうもない。

エデルマンは、その道の中央にいた。五十メートルほど先を、ゆっくりと歩いていた。少し離《はな》れて、カーツの背中が見えた。

そして、ほとんど同時に、それは起こる。

エデルマンが、いきなり袋を放った。

「あっ!」「おっ!」「!」

まるでゴミを捨てるかのように、道の左脇《わき》へ、袋を投げ捨てた。

袋は、路地の陰《かげ》に隠《かく》れて見えなくなった。そしてエデルマンは、もうそこから先には進まなかった。くるりと踵《きびす》を返すと、駅へと戻《もど》り始める。

それはまるで、道に迷ったことに今やっと気づいたかのような、そんなそぶりだった。

不意をつかれたカーツだが、エデルマンが振《ふ》り向くよりも早く、彼はさっと体を回し、一つのお店の入り口前で、まるで今そこから出てきたかのような体勢を作った。誰《だれ》もいない入り口へ、挨拶《あいさつ》の手まで振った。

「うめぇ」

ラリーが、感嘆《かんたん》して笑みを漏《も》らした。

エデルマンは、そんなカーツに気づいたが、俯《うつむ》いたまま、無視するかのように歩き続ける。

誰《だれ》もいない繁華街の裏路地で、やや場違《ばちが》いな上級学校生の制服と、場違いでない灰色のスーツがすれ違っていく。

「少し出します」

このままだとエデルマンが近くを通ってしまうので、リトナーは車を出す。のろのろと、三十メートルほど進んでから、右脇《わき》に車を止めた。

前から小型のトラックが来て、四人の乗る車の脇を、かなりの速度で通り過ぎていった。

雨で濡《ぬ》れるリヤウインドウ越《ご》し、エデルマンが出てくるのを待っていたラリーとセロンとジェニーの目に、そのトラックの後部が見えた。

そしてそれが、路地から出てきたエデルマンの体へと吸い込《こ》まれていく。

「え？」「おい！」「あっ」

三人の叫《さけ》びと共に、トラックはエデルマンへと、速度を増しながら突入《とつにゅう》。

傘《かさ》の陰《かげ》から迫《せま》るトラックに、エデルマンがようやく気づいた。恐怖《きょうふ》で目を見開いたが、それはもはや、自分の力で避《さ》けられるタイミングではなかった。

見ていた全員が、撥《は》ねられることを覚悟《かくご》した瞬間《しゅんかん》、太く長い手が、エデルマンの襟首《えりくび》を摑《つか》んで、恐《おそ》ろしい勢いで引っ張った。

小柄《こがら》な体が後ろへと、両手足を突《つ》っ張るように残しながら運ばれて、誰《だれ》もいなくなった空間を、トラックが通過した。

トラックは、すぐに進路を修正して、何事もなかったかのように、道を走り去っていく。

「やっぱり、カーツさんだ」

セロンの声。

三人の視界に、ずぶ濡れになりながら、エデルマンの体を抱《だ》き上げるカーツの姿が見えた。

カーツはエデルマンを〝お姫様だっこ〟して、車まで猛烈《もうれつ》な勢いで駆《か》けた。リトナーが手を伸《の》ばして助手席のドアを開けると、カーツは強引にそこに乗り込む。

本来一人用の席に、二人の体を無理矢理ねじ込んだカーツは、ドアを閉めると同時に、

「出せ！」

鋭《するど》い声で命令。

リトナーは冷静にクラッチを繋《つな》ぎながら、

「傘と鞄《かばん》は？」

そんな質問。

「安物だ。足もつかん」

カーツは答えた。

定員オーバーの車は雨の中を進み、すぐに大通りへと戻《もど》る。

交通量が増えてきたのと、似たような車はたくさん走っていることで、特定される危険は激《げき》減《げん》した。

「お嬢《じょう》！　真っ黒でしたね、この少年。間一髪《かんいっぱつ》でしたよ。いやー、危なかった！」

カーツは、体の前でエデルマンを抱《かか》えながら言った。ジェニー達が助手席を覗《のぞ》き込むと、エ

デルマンは白目を剥《む》いて失神していた。

ジェニーは、カーツの右肩《かた》をバシバシ叩《たた》きながら、

「よくやった、カーツ。ボーナス期待しておけ」

「有り難《がた》き幸せ！」

「カーツさん、あのトラック、明らかに彼を轢《ひ》き殺すつもりでしたね！」

ラリーが、興奮《こうふん》を隠《かく》さずに言った。

「ええ。その前に、彼が小さな袋《ふくろ》を放ったのは見ましたか？」

「見ました。あれで、渡《わた》したんですね。今頃《いまごろ》は回収されているでしょう」

セロンが答えた。そして、

「その後、交通事故に見せかけて口封《くちふう》じするつもりだったんだ。タイミングから見て、俺達《おれ》が
ばれたとは考えにくい。今日が、〝賞味期限〟だったってことだ……」

「危なかったですね。みなさんが追いかけていなかったら、コイツはこの若さであの世行きで
すよ」

カーツが、エデルマンの背中から鞄《かばん》をはぎ取りながら言った。

「どちらへ？」

リトナーの問いに、

「もちろん警察だ。このまま、首都警察に保護してもらう」

カーツは答えた。

了解、と返したリトナーが、大通りを首都警察本部方面に曲がろうとしたときだった。

「やめて！　警察やめて！　殺される！」

車内に、叫《さけ》び声が響《ひび》いた。


車は、雨の中走り続ける。

「まあ、まずは落ち着け、少年。――よかった、気づいたんだな」

カーツが、前に抱《だ》くエデルマンにゆったりした口調で言った。

後部座席では、ジェニーが残りの二人に向けて、唇《くちびる》の前に人差し指を立てて、〝黙《だま》ってろ〟のジェスチャー。

運転席のリトナーは、行く先を決めずに、大通りで安全運転を続ける。

「だ、誰《だれ》？」

「偶然《ぐうぜん》、君を助けただけさ。危なかったんだぞ」

「あ、あ、ああ――、ありがとう、ございます……」

「落ち着いたか？　よし。――私と話をしよう。狭《せま》いけど我慢《がまん》してくれよな。さて、どうして、警察はダメなんだい？」

大男に抱かれたままという不思議な状況《じょうきょう》で、エデルマンは震《ふる》えながら答える。

「お、脅《おど》されたんだ。もし警察に行ったら、僕《ぼく》は殺される……」

「誰《だれ》にかな？」

「連中……、知らないけど連中！　前に、家の壁《かべ》に、穴が三つも空《あ》いていたんだ……。不思議だと思っていたら、あとから連中の一人が、『あれは撃《う》ったんだ。いつでもお前を殺せるぞ』って言われた！」

「狙撃《そげき》か。穏《おだ》やかじゃないね。その〝連中〟とは、君に何かを運んでもらっている人達だね？どんな人達か、知ってるのかな？」

「知らない！　知らないよ！」

「何を運んでいるか、知っているのかな？」

「知らない！　聞いたら、中身見たら殺される！　僕は何も見てない！　ちっちゃくて重くない何か！」

エデルマンは恐怖心《きょうふしん》から感覚が麻痺《まひ》していて、まるで自白剤のような効果を発揮《はっき》していた。

それをいいことに、カーツは淡々《たんたん》と尋問《じんもん》。

「どうして、そんな危ないことをするのかな？　お金のためかな？」

「違《ちが》うよ！　違うよ！　お金なんて、少しはもらっているけど、全然使ってない！」

〝もらってはいるのか。罪悪感を薄《うす》れさせるための、連中のテクニックだな〟――ラリーは思ったが、黙《だま》っていた。

「じゃあ、なぜ、最初に引き受けてしまったのかな？」

「だ、騙《だま》されたんだ……。僕は騙されたんだ……」

「どんなふうに？」

ここで、エデルマンは泣《な》き出した。ボロボロと泣きながら、鼻を啜《すす》りながら、

「前に、駅で……、とても綺麗《きれい》なお姉さんから、話しかけられたんだ……。〝仲良くなりましょう〟って……。そして、友達になって……、そして、仲良くなって……、恋人《こいびと》になったと思ったんだ……、幸せだったんだ……。そしたら、ある日突然《とつぜん》、怖《こわ》いお兄さん達が来て、〝俺《おれ》の女に手を出したな〟って脅されて……、ビックリして……」

〝美人局《つつもたせ》！　ハニートラップ！　実に古典的だなあ〟——ラリーは思ったが、黙っていた。

「あちゃー。そうか、綺麗なお姉さんなら仕方がないな……。そのお姉さん、おっぱいは大きかったか？」

カーツが聞いて、リトナーが眉根《まゆね》を寄せた。

エデルマンは、泣きながらも、しっかりと答える。

「うん……。やわらかかった……」

「そうして、君は言われたとおりにしていたんだな。それならしょうがない」

カーツは、何がしょうがないかは言わない。尋問を続ける。

「それで、その連中から、いろいろなことを教わったんだな。学校のロッカーを使う方法や、

こっそり荷物を渡《わた》す方法なんかを。君が考えついたわけじゃないんだよね？」

「うん……、はい……」

冷静に考えれば、なぜカーツがロッカーのことまで知っているのか疑うべきだが、今のエデルマンにその判断力はない。

「そうすれば、絶対にばれないって……。ロッカーを見つかっても、しらばっくれていれば、大丈夫《だいじょうぶ》だって……。他に、たくさんの生徒が、お小遣《こづか》い稼《かせ》ぎに、やっているんだ、って」

「よく分かった。他に知ってることは？」

「朝から雨の日……、学校行くとき、誰《だれ》かが……、必ず近づいてくる……。荷物を、渡される……。手紙に、〝次の雨の日の、何時何分に、荷物をここに投げろ〟って、書いてある……」

「それだけか？　連絡《れんらく》先とかは？」

「ない。僕《ぼく》から……、連絡……、だめ……」

「そうか。じゃあ、最後にちょっと知りたいんだが——、なあに、たいしたことじゃないんだけどね——」

「うん」

「学校で、他にこのことを知っている人は、いるか？」

「いない……。誰にも言えない……」

「そっか、分かった」

カーツは、ちらりと後ろを振《ふ》り返った。ジェニーと目が合って、

「………」

ジェニーは無言で頷《うなず》いた。〝聞きたいことは全《すべ》て聞いた〟との意思表示だった。

カーツは、

「じゃあ、これからどうするかだけど、やっぱり警察に守ってもら――」

「ダメ！　ここで降りる！」

叫《さけ》びながら突然《とつぜん》暴れ出したエデルマンを、カーツは容赦《ようしゃ》なく押《お》さえつける。

「落ち着けって。なんで、首都警察はダメなのかな？」

「だって――」

「だって？」

「連中が言ってた！　〝首都警察には仲間がいる〟って！」


くぐもったエンジン音。

タイヤが雨の路面を蹴《け》る音。

ワイパーが激《はげ》しく動く音。

雨粒《あまつぶ》が屋根を叩《たた》く音。

そんな、静寂《せいじゃく》ではない静寂が、数秒間続いた。

カーツは、ぼそっと、呟《つぶや》く。

「あり得ます」

「アンタが言うのなら、そうなんでしょう。カーツ」

ずっと黙《だま》っていた、そして二人を黙らせていたジェニーが、

「ひとまず、首都警察は、止《や》めておきましょう」

ハッキリと口に出した。

〝ということは、カーツさんは元は首都警察の警官か。なんか、語りたくない過去があるんだろうな〟――ラリーは思ったが、言わない。

「えええええっ！　――だ、だ、だ、誰《だれ》？　誰？　誰？」

後部座席に同じ学校の生徒が、しかも三人もいることに今になって気づいたエデルマンが、首を捻《ひね》りながら聞いた。

その質問には、カーツが笑顔で答える。

「君の命の恩人達だよ。――一生忘れるんじゃないぞ」

「どうする？」

ラリーが、ジェニーとセロンに訊《たず》ね、

「…………」

セロンは数秒思考。そして、

「家には戻《もど》せない。首都警もダメだ。すると、連邦《れんぽう》警察が唯一《ゆいいつ》残るが、決定的な証拠《しょうこ》もなしに行っても、追い返されてしまったらお終《しま》いだ」

「そうね」

ジェニーが同意して、セロンはエデルマンに問いかける。

「先輩《せんぱい》！　今から数日家に帰らないと、親に怒《おこ》られますか？　〝テストが終わったので、友達の家に泊《と》まっている。学校にはそこから通う〟と嘘《うそ》を言って、通用しますか？」

「え？　えっと——、別に、怒られ、ないと思うけど……。友達、そんなの、いないけど……」

「よし。ならば、運転手さん！」

セロンは、あえて名前を呼ばずに、行き先を指定する。

「学校に戻ってください！」

＊　　＊　　＊

雨の日の夕方は、急に薄暗《うすぐら》くなる。

ライトを付けた車が、第四上級学校のロータリーに入った。ほとんどが帰宅のために車に乗り込《こ》んでいく中、その車からは、人が降りた。

生徒が四人と、ボディーガードが一人。傘《かさ》もささずに校門へと駆《か》け寄ると、守衛《しゅえい》にチェックを求め、すぐさま校内に入って消えた。

その数分後。全校放送が流れる。

『マーク・マードック先生。マーク・マードック先生。新聞部にお客様が来られています。至急、部室にお越《こ》しください。繰《く》り返します——』

新聞部の名目上の顧問《こもん》、マードック先生は、職員用トイレに座《すわ》り込《こ》んで、雑誌を熟読《じゅくどく》しているところだった。

その放送を聞いて、五十代のやや太り気味で禿《はげ》気味の男は、苦虫を噛《か》み潰《つぶ》したような顔を作り、スピーカーのある天井を見上げる。

「アイツら……。また何か、面倒《めんどう》を持ち込みやがったな！」

＊　＊　＊

「お茶のお代わりはいかがですか？　先生」

ラリーの言葉に、

「いらん……。はあ……」

ソファーに座るマードック先生は、返事と溜息《ためいき》を返した。

目の前には、部員が三人と、〝お客〟である屈強《くっきょう》なボディーガード。そして、

「ど、ど、どうすれば……」

さっきから半べそをかきっぱなしの、かつて一度も教えたことのない五年生男子。

全《すべ》てを説明されたマードック先生は、

「まったく、お前らは、いらん騒動《そうどう》を持ち込みやがって……。趣味《しゅみ》か？　生き甲斐《がい》か？　ちったー普通《ふつう》の生徒らしくできないのか？　くそったれめ！」

授業中の穏和《おんわ》な態度からは想像もできない悪態をついた。

カーテンを閉められた窓《まど》の外はすっかり暗く、雨はますます激《はげ》しい。

「ふう……、再確認するぞ。中身が何か、誰《だれ》も、何も情報はないんだな……？」

ないわ、とジェニーが言い返した。

「では、そのトラックの運転ミスの可能性は？」

「あるわね。——じゃ、そういうことにして、夜も遅《おそ》いし、エデルマン先輩《せんぱい》を外に放り出す？　また、〝運転ミス〟のトラックが突《つ》っ込んでくるだけかもしれないけど」

ジェニーの皮肉に、マードック先生は首を横に振《ふ》った。

「やれやれ……。で、私にどうしてもらいたいんだ？　わざわざ呼び出したということは、また〝こき使ってやろう〟って魂胆《こんたん》だろ？」

「ええ。話が早くて助かります」

とても教師と生徒のそれとは思えない会話を、

「…………」

エデルマンは不思議そうに見ていた。この先、自分の人生がどうなるか分からない状態に置かれ、夢遊病者のような、呆《ほう》けた顔をしていた。

〝おっぱいは高くつきましたね、先輩《せんぱい》〟――ラリーは思ったが、もちろん言わない。

既《すで》に、エデルマンの家には電話がされている。〝ここ数日は友人宅を巡《めぐ》り、勉強会をする〟と、嘘《うそ》を伝えてある。

「詳《くわ》しくはセロンから」

ジェニーが譲《ゆず》って、セロンの出番。

「先生、エデルマン先輩を、今晩、ひょっとしたら数日間、かくまってください。先輩が、今校外に出るのは危険すぎます。交通事故に見せかけて殺される可能性や、首都警察の悪徳警官が接触《せっしょく》してくる可能性があります。前者はともかく、後者は、俺達《おれ》では到底《とうてい》防ぎきれません」

「だろうな。しかし、どうやって？　校内が一番安全なのは間違《まちが》いない。なら、マクスウェルの口利《くちき》きで、寮《りょう》に泊《と》めることもできるだろう」

ラリーが、そういえばそうだな、と呟《つぶや》いた。学生寮なら学校敷地《しきち》内にあるので、余所者《よそもの》の侵《しん》入《にゅう》はひとまず防げる。寮にはゲストルームもあり、有料で借りられる。

しかし、セロンは首を横に振《ふ》った。

「狙撃《そげき》される可能性が、ゼロではありません。寮からは、アパート群がよく見えますから。それに、他の生徒達に見られます。悪徳警官が聞き込《こ》みに来たらどうしますか？　一日二日はともかく、数日となると、情報を隠《かく》しきれません。何より、寮生を、誰《だれ》一人として巻き込みたくありません」

〃おお、さすがだぜセロン。そこまで考えていたか〃——ラリーは思ったが、余計な口出しはしない。

「そこで、先生のお力をお借りしたいです」

「はてさて。この私に、どんな力があるというのかな？」

皮肉気味に肩《かた》をすくめたマードック先生に、セロンは言い放つ。

「例の地下室——、あれを使わせてもらいます」

第十章

追う者と追われる者

第十章「追う者と追われる者」

第五の月、十二日。

首都の旧市街に、ベマーテ公園という、小さな公園がある。

よく晴れた日の昼下がり、その公園のベンチに、一人の男が座っていた。

四十代後半に見える男で、髪《かみ》は金髪《きんぱつ》で、綺麗《きれい》に短く刈《か》り込《こ》んでいる。鍛《きた》えられたがっしりとした体格で、着ているのは、よくある灰色のスーツ。紺《こん》色のネクタイは、かなり緩《ゆる》めてあった。

一人でサンドイッチをガツガツと食すその中年男は、公園の雰囲気《ふんいき》からは浮《う》いていた。事実、子供を連れてやって来た母親は、ベンチからかなり距離《きょり》を取って遊ばせている。

もし、詳《くわ》しい人が見れば、俯《うつむ》きがちに座る彼の左脇《わき》に、不自然なふくらみがあることに気づくはずだった。中身が、拳銃《けんじゅう》とホルスターであることにも。

「はい、ごちそーさん」

食べ終えた男は、紙袋《かみぶくろ》を丸めると、三メートルほど離《はな》れたゴミ箱に放った。それは、狙《ねら》い違《たが》わず、すっぽりと収まった。

「お待たせしました!」

若い男が、息せき切って公園に駆《か》け込んでくる。

こちらは紺色スーツに、ネクタイをしっかり締《し》めた二十代の男で、スリムな体に、茶色の髪に灰色の目。そして、映画俳優《はいゆう》かと思えるほどの美男だった。両手には、紙コップに入ったコーヒー。

「遅《おそ》いよ。もう、メシ終わっちまった」

「では、食後のコーヒーをどうぞ。警部殿《どの》」

「けっ。——お前も、今のうち食っとけ」

言われたとおり、若い男は、自分の分のサンドイッチを食べ始める。手早いが、中年男よりは丁寧《ていねい》に食べる。

コーヒーを啜《すす》る中年男は、ふう、と息を吐《は》いた。

子供のはしゃぐ声をしばらく聞いたあと、

「お前、なんで警官なんかになった？」

中年男は、隣《となり》に座る人間に訊《たず》ねた。食べ終わっていた若い男が、顔を向ける。

「え？　なんですか藪《やぶ》から棒《ぼう》に」

「ま、単なる興味だ」

「それは、もちろん、自分達の住む町の治安を守るためですよ」

「カッコつけやがって。若くて熱心で優秀《ゆうしゅう》なのはいいが、無駄《むだ》に思い悩《なや》むなよ。麻薬《まやく》組織なんて、この世から絶対になくならん。いつまでも、イタチごっこだ」

「なんともはや、デザー製薬元重役の偽装《ぎそう》自殺を見事に見破《みやぶ》り、組織の一つを潰《つぶ》したお方の発言とは思えませんね」

「事実だ。それに……、あれは運がよかっただけだ。しかも、潰したのは末端《まったん》組織だ。まだまだたくさん、腐《くさ》れ外道《げどう》共はいる。——さて、聞き込《こ》み行くぞ」

中年男がムスッとした顔で立ち上がり、

「喜んで。それでも、私達の仕事は、いつまでだって続きますからね」

若い男が続く。

中年男が放った空《から》のコップは、ゴミ箱を逸《そ》れた。

「拾《ひろ》って捨ててこい」

「了解」

*　*　*

同じ日の、夕方。

「おや、メグも今帰り？　今日は早いね」

第四上級学校の校庭前で、リリアはメグの後ろ姿を見つけた。

おさげを揺《ゆ》らして振《ふ》り向いたメグが、親友に笑顔を向ける。

「そっ！　最近、新聞部ないんだ。コーラス部も今日は休み」

並んで歩き始めたリリアは、メグに倣《なら》って、ベゼル語に切り替《か》えた。

外国語をペラペラと喋《しゃべ》る二人に、近くを歩いていた他の生徒達が怪訝《けげん》そうな顔を作った。

「新聞部が？　珍《めずら》しいね。特にやることなくても、お茶飲んでのんびりできるのに」

「それが……、急に〝部活休止命令〟が出ちゃって」

「なにそれ？」

「詳《くわ》しくは聞けてないんだけど、部長さんの言葉を真似《まね》れば、〝情報統制〟だって」

「ハテ？」

「知っている人を減らすことで、物事を上手《うま》く解決に導くんだって。あと、解決に携《たずさ》わる人以外は、知らない方が動きやすいからって」

「ふ、ふーん……」

他人に言えない情報を幾《いく》つも抱《かか》え込んでしまい、いろいろと思うところがあるリリアが、

「ま、フツーにしてろ、ってことよね」

そう言って笑った。

「そうそう。普通《ふつう》にね。私達、普通の上級学校生徒だから！」

メグもまた、屈託《くったく》なく笑って、二人は校門をくぐっていく。

「ヘラヘラと、呑気《のんき》なヤツラだぜ。金持ちのガキってのはよ。見ていてイライラする」

二人の笑顔を、倍率の高い双眼鏡《そうがんきょう》で覗《のぞ》き見ている男がいた。

校門やロータリーを見下ろせる、道を挟《はさ》んだ向かいにあるアパートの五階。その向こうには、中央から左に校舎。右には寮《りょう》も視界に収める。

男は二人。一人は三十歳《さい》ほどで、茶色のスラックスに、革《かわ》ジャン姿。その人相は、お世辞にもよろしくはない。部屋の窓《まど》の脇《わき》にお尻《しり》をつけ、半分降ろしたブラインドの下から、双眼鏡で覗いている。

その部屋には、家具は何もない。

二日前に強引に借りたばかりの部屋で、電気が来ているだけ。買ってきた水と食料が、大量に、かつ乱暴に転がっている。

もう一人は、やや若い男。ジーンズに、黒いセーターを着ている。

セーター男は、通じていないガスコンロではなく、持ち込《こ》んだキャンプ用の携帯《けいたい》ストーブでお湯を沸《わ》かし、お茶をいれていた。

「そいつ、本当に学校に戻《もど》ったんですかね？」

セーター男が、カップを、窓際に張り付く革ジャン男へと持ってきて訊《たず》ねた。

「家には一度も戻っていない。学校くらいだろ、行けるのは。——茶くらい落ち着いて飲みたいぞ。見張り代われ」

うぃす、と言って、セーター男が、置いてあった自分の双眼鏡を手にした。その際に、二人の座る窓枠《わく》の壁《かべ》に貼《は》った写真をちらりと見た。

そこには、フリオ・エデルマンの、上半身裸《はだか》の、半泣《はんな》きの顔が写っていた。家具のない床《ゆか》の真ん中で、床板に腰《こし》を下ろして、革ジャン男がお茶を啜《すす》る。

そして、

「とにかく、俺《おれ》達はそのアホ面《づら》を見つければいいだけだ。持久戦になるが、見つけさえすれば、あとは消せばいい。基本的には車で撥《は》ね殺す予定だが、命令があれば、ここから狙撃《そげき》する。そのときは、近くにいる生徒や守衛《しゅえい》もできるだけ殺す。狙《ねら》いを分かりにくくするためのカモフラージュだ。そして、サイコの乱射魔《らんしゃま》の仕業にする。そのへんは、まあ、ポリのヤツラが上手《うま》くやってくれるさ。逃《に》げ足だけは磨《みが》いておけよ」

「簡単な仕事ですね。撃《う》つだけ撃って、あとは別の国にしばし高飛びってね」

楽しそうに笑ったセーター男が双眼鏡越《ご》しに見る視界に、薄《うす》い青色のつなぎを着た男が入ってきた。

二十代に見える栗毛《くりげ》の男で、険《けわ》しい顔立ち。手には大きな工具箱。

上品そうな制服を着た生徒達からは、明らかに浮《う》いていた。生徒達から向けられる視線も、険しい。

男は、校門前の守衛《しゅえい》に何か話しかけた。数分後、五十代の教師らしき男が、迎《むか》えに来た。守衛を交え幾度《いくど》か言葉を交わして、校内に消えた。

生徒の顔を捜《さが》しながらも、一部始終を見ていたセーター男が、

「作業員が一人、入っていきましたが」

一応そう報告。革《かわ》ジャン男は、

「入っていったのはどうでもいい。出ていくのだけ見てな」

つまらなそうに言って、気にもとめなかった。

＊　　＊　　＊

「やってくれたな、セロン・マクスウェル！　聞きたいことがあるぞ！」

青いつなぎの男が、呆《あき》れた様子で、そして強い口調で言い放った。

「まず——、この地下室がそのまま使える状態で残っているとはどういうことだ？　そして、マードックが顧問《こもん》とはどーしたワケだ？　そして、なんでこんな危ないことに首を突《つ》っ込《こ》んでいるんだ？」

質問を三連発した彼の名前は、セオドア・ハートネット。連邦《れんぽう》警察の捜査員《そうさいん》。

ロクシエには、警察が多数存在する。

連邦を構成する国家には、それぞれの国家警察が、首都地域には首都警察が、軍隊には軍警察がある。そして、国境をまたぐ広域犯罪を取り締《し》まるのが、連邦警察。

ロクシエでは一番権限が強い組織の一つで、ロクシエ市民からは、敬愛されつつ恐《おそ》れられている。地元警察の捜査に横やりを入れてきては、ときに捜査権を横取りしてしまうので、他の警察組織からは、正直嫌《きら》われている。

今、この〝部屋〟にいるのは、ハートネット、彼を〝作業員〟として校内に入れたマードック先生、セロン、この日が誕生日《たんじょうび》のラリー、ジェニー、カーツ、そして、問題の中心——、エデルマン。

イスにへたり込んでいるエデルマン以外は全員、彼を囲んで立っていた。

部屋と言ったが、窓《まど》は一つもない。

石の壁《かべ》に囲まれて、ドアが三つある。そこそこの広さの室内は、薄《うす》いオレンジの光に照らされて、小さなタンス、ロッキングチェア、パイプベッドなど、必要最低限の家具が置かれている。絵も、少々飾られている。

もともと古い町の古い建物を取り込んで造られた第四上級学校には、当時の地下室がそのまま残され、そして忘れ去られていた。

マードック先生は、何年か前にそれを見つけ、勝手に電気を引き、温水暖房《だんぼう》を引き、シャワーまで使えるようにして、秘密《ひみつ》部屋にしてしまった。

そして、去年の夏まで、約二年にわたり、存在がばれてはいけない自分の弟を、ここにかくまっていた。新聞部とハートネットは、そのときの騒動《そうどう》で知り合った。

セロンは、立て続けに聞かれたことに、一つずつ答える。

「まず、この地下室ですが、入ってきて分かるとおり、封鎖《ふうさ》されたのとは別の入り口がありまして——」

「くっそ！　それを知っていて黙《だま》っていたな！」

「聞かれませんでしたので。取調中、先生から、聞いていませんでしたか？」

しれっとした顔で答えたセロンと、我関《われかん》せずと顔を逸《そ》らすマードック先生。複雑怪奇《ふくざつかいき》な地下は、学校の旧校舎の資材置き場からも入ることができる。そこの管理責任者は、マードック先生。

「拷問《ごうもん》でもしておけばよかったよ！」

「次に、先生が新聞部の顧問《こもん》になっているのは、ジェニーが適役だと頼《たの》んだからです。先生が無事に教職に戻《もど》られたので……。快諾《かいだく》をいただきました」

「お前らは教師も脅《おど》すのか？　実に呆《あき》れたヤツラだ」

「さて、最後の肝心《かんじん》な質問ですが——、この件に関しては、とある事実を追いかけていたら成り行き上。でも、俺《おれ》達がこれをやっていなければ、今頃《いまごろ》エデルマン先輩《せんぱい》は、あの世行きでしたよ？」

セロンの言葉に、エデルマンはビクッ、と肩《かた》を震《ふる》わせた。

「まあ、それは認めるがな……」

ハートネットは、ムスッとした顔で言った。

制服姿のエデルマンは、三日前からこの部屋の住人になっている。

ここで寝泊《ねと》まりし、部屋着は、購買《こうばい》でセロン達が買った運動着を使い、毎日授業にもちゃんと出ている。実家には、新聞部の部室から定期的に電話を入れて、ひとまず親を安心させている。

「エデルマン君。質問がある。正直に答えてくれ」

ハートネットがエデルマンに、鋭《するど》い視線を向けた。

「は、はい……」

「中身は、一度も見ていないんだな？」

「見てません……」

「大きさと重さは？」

エデルマンが、両手で、指を重ねてふくらみを作り、

「これくらいで、小さな袋《ふくろ》の割には、そこそこ、重かった、です」

「美人局《つつもたせ》のときに会った男の顔を、覚えているか？　または、女の写真はあるか？」

「いいえ……」

答えを聞いてから、ハートネットは、セロン達に向け、

「ダメだ。これじゃあ、連邦《れんぽう》警察だって動けない」

苦々しく言い放った。今ハートネットがここにこうしているのは、知り合いのセロンやジェニーからの個人的な要望に応《こた》えただけで、連邦警察としての仕事ではない。

ジェニーが、

「あなたも、運んでいたものが小麦粉だとは思っていないでしょ？　ハートネットさん」

ラリーが、

「そうだよ！　エデルマン先輩《せんぱい》が殺されかけたのは、みんな見たぜ！」

そして、最後はセロン。

「ハートネットさん。今回はここ、第四上級学校を使った犯罪が明らかになりましたが、首都の他の学校でも同じことがされていると思います。ひょっとしたら、あなたの母校の上級学校でも」

その言葉に、ハートネットは、至極《しごく》怪訝《けげん》そうな顔をした。

「あ？　セロン。俺《おれ》の母校なんて知らないだろ？　言ってないぞ」

「知りませんが、第一から第三、第五から第八までの、どれかですよね？」

セロンがあっさりと断定。これには、ジェニーやラリーも、首を傾《かし》げる。

「どうして、そう思う？」

ハートネットの質問。セロンは即答《そくとう》する。

「去年の夏、あなたは初めて新聞部の部室に来て、振《ふ》る舞《ま》った昼食を見てこう言いました。『〝第四〟のは美味《おい》しいんだってな！』と。第四上級学校を、〝第四〟と数字で呼ぶのは、他の首都上級学校生の特徴《とくちょう》です」

「………………」

「そのあと、あなたは恥《はじ》も外聞もなく、俺達に捜査《そうさ》協力を依頼《いらい》しましたよね。学校がらみの犯罪には、力を貸してくれと。あのとき、俺はこう思いました。〝ああ、この人はかつて、上級学校にいた。そして、何か犯罪を見て、それを解決できなかった過去がある——、かもしれない〟」

「………………」

「エデルマン先輩の今後も心配ですが、ここにいる限りは安全です。それより、今運び屋をやらされている誰《だれ》かが、〝不幸な交通事故〟で死ぬかもしれないのです。誰かが、辛《つら》くて悲しい思いで、泣《な》くことになります」

「だー！　もう言うなセロン！　分かっているよ！　俺だって、なんとかしたいよ！　くそったれ！　だが、連邦警察も、この世界に悪人が多いせいで忙殺《ぼうさつ》されている。証拠《しょうこ》もない案件では動けないんだ！」

ハートネットは叫《さけ》んで、苦しい胸《むね》の内を覗《のぞ》かせた。

ここで、黙《だま》っていたカーツが、ハートネットに質問。

「ハートネット捜査官《そうさかん》。首都警察に、どなたか、〝彼だけは絶対に大丈夫《だいじょうぶ》だ〟と言える知り合いはいませんか？」

ハートネットは、首を横に振《ふ》った。首都警察と連邦《れんぽう》警察はまったくの別組織で、仲もよろしくない。そのことをよく知っているカーツは、

「そうですか」

短く返すのみだった。

「まったく……、警官のくせに悪に手を染めるなんて……」

ラリーの溜息《ためいき》。

麻薬《まやく》組織に内通しているような悪徳警官は、見つかれば刑務所行きであり、人生の破滅《はめつ》なのは間違《まちが》いない。それ故《ゆえ》、そうそう簡単に尻尾《しっぽ》を出すことはない。絶対に安心できる人を見極《みきわ》めるのは、ひどく難しい。

セロンが、

「ここで捜《さが》すしかない、か……。校内で、知り合いに警官がいないか」

ジェニーも、同意。

「そうね。知り合いに片っ端《ぱし》から当たってみましょう。望みは薄《うす》そうだけど、やらないよりは、いいわ」

「分かった！　やろうぜ！」

ラリーも頷《うなず》いた。セロンはハートネットに、

「分かり次第、連絡《れんらく》します。その際は、エデルマン先輩《せんぱい》を保護したのは、ハートネットさんということにしてもらえると、助かります」

「分かった──。俺《おれ》がその状況《じょうきょう》に出くわして、偶然《ぐうぜん》助けて、エデルマン本人の要望に従ってここで保護したことにしておく。いろいろ突《つ》っ込《こ》まれるだろうが、ま、適当に流しておくよ」

「ありがとうございます」

セロンが礼を言うと、聞かれたこと以外は喋《しゃべ》らなかったエデルマンが、

「あ、あ──、ありが、とうございます……」

どもりながらも、しっかりと謝辞を口にした。

「安心しろ。お前さんを殺させはしないよ。こういうときは、大人を頼《たよ》れ」

誰《だれ》よりも先にそう言ったのは、マードック先生で、

「…………」「…………」「…………」

新聞部の三人は、互《たが》いを見遣《みや》ってから、笑顔で肩《かた》をすくめた。

＊　＊　＊

夕暮れ時。

地下室でエデルマンと別れ、マードック先生とハートネットとは校門で別れ、セロン達三人は、新聞部の部室に戻《もど》った。

「しかし、見つかるかな？」

ラリーの言葉に、

「簡単には無理でしょうね」

ジェニーはそう言って、お茶を飲む。

「あとで、電話で他の部員達にも頼《たの》んでおくが、詳細《しょうさい》は秘密《ひみつ》だ。あくまで、身元がしっかりしている警官か、信頼《しんらい》できる警官を知る人を捜《さが》してもらう。その理由は、ご近所トラブルでも、捜し人でも、正直なんでもいい。むしろバラバラにしてもらった方がいい」

セロンはそう言うと、

「問題は、いつまで、エデルマン先輩《せんぱい》があそこで生活できるか、だ……」

そう言って、天を仰《あお》いだ。

＊　＊　＊

長期戦を覚悟《かくご》して、部活を終えて、部員達に連絡《れんらく》を回し――

「いるってよ。信頼できる、首都警の刑事さん」

その翌日の放課後、ナタリアが情報を持ってきた。


「はい？　ナータ、今、なんつった？」

エプロン姿のラリーが、聞き返した。

その脇《わき》で、セロンとジェニーが、そして今日は来ているニックが、目を丸くしていた。メグだけは、コーラス部に出るようにセロンに言われているので、いない。

「え？　だから――、知り合いに信頼できる刑事がいる人――、めっけた」

今日のおやつであるワッフルをもふもふと食べながら、ナタリアは言った。

「はえーな！　えっと、でかしたが……、それって、本当なのか？」

「誉《ほ》めるか疑うか、どっちかにしなよ。呼んでおいたから、もうすぐここに来るよ。情報提供者。ほれ、ヘップバーン二等兵！　カップをもう一つ用意！」

言われたとおり、ラリーが客用のカップをお湯で温め終えたとき、ドアがノックされた。

ジェニーが、出迎《でむか》える。

果たして、ドアを開けた先にいたのは、

「来てあげたわよ」

長い金髪《きんぱつ》をカールした、オーケストラ部の女帝《じょてい》、そして部長、レナ・ポートマンだった。


ソファーに座ったポートマンに、すかさずラリーがお茶を出す。

「あら、用意がいいのね、ありがとう。——いつも、こんなお茶会をやってるの？　それは、ナタリアさんがオケ部に来ないわけだわ」

「いやー、それほどでも」

「誉《ほ》めてねえぞ、ナータ」

「ところで、シュトラウスキー・メグミカさんは？」

ポートマンの関心は、メグだったが、

「今日は、休みです」

セロンにあっさりと答えられて、ムスッとした顔でナタリアを睨《にら》んだ。

「いやー、知りませんでしたー」

「…………。まあいいわ。今日の用件は、別にあるもの」

女同士の戦いが不発に終わったところで、ジェニーが訊《たず》ねる。

「ご存じだとか。信頼《しんらい》できる首都警の警察官を」

「ええ。あなた達がどんなことをしているかは知らないし知りたくもないけど、私が唯一《ゆいいつ》知っている刑事さん、あの人は信頼できるわ」

次はセロンが問う。

「どんな方で？　そして、どうやって知り合ったか、もしよければ教えてください」

「まあ、秘密《ひみつ》は守ってくれるわよね？」

ポートマンの質問に、皆《みな》がしっかりと頷《うなず》いた。

「じゃあ言うけど、去年の夏の終わりに、私の家を訪れた中年の刑事さんよ。門の前で、ちょっとお話をしたの。どんな話かは秘密ね。そして確かな印象を持ったの。その刑事さんは、悪を悪として拒絶《きょぜつ》することができる人だって」

話を聞いたセロンとラリーが、顔を見合わせた。

〝おいおい、それだけ？〟――ラリーは思った上に顔に出したが、口には出さない。

「どんな話かは聞きませんが、それは、その刑事さんの人となりを理解するに足る内容だったと？」

セロンが聞いた。

「そうね。そう思うわ。――付け加えると、私の両親と、つい最近、そのことで話をしたわ。そうしたら、両親も、同じことを言っていた。『あの刑事さんは信頼できる。困ったことがあれば頼《たよ》りなさい』って。私は、両親を信じている。間違《まちが》いはないわ。証明終わりかしら?」

レナ・ポートマンには、そして、ポートマン家には、秘密《ひみつ》がある。

それは、一人娘《むすめ》のレナが、両親とは血が繋《つな》がっていないこと。

ポートマン夫妻の一人娘は、生まれてすぐ、乳幼児突然死《とつぜんし》症《しょう》候群《こうぐん》で死んだ。

身内からは殺人まで疑われ、自殺寸前まで追いつめられたポートマン夫妻に、見かねた悪友が、教えてしまった。

「トルカシアという貧乏《びんぼう》な国に、孤児《こじ》を売りさばいている、〝導師様〟と呼ばれる男がいる」

つまりは孤児の里親捜《さが》しを名目にした人身売買であり、首都に住む金持ちに買われた子供達は、かなりの数が音信不通になる。どんなおぞましい目に遭《あ》っているかは、誰《だれ》も分からない。

ポートマン夫妻は、〝買った赤ん坊《ぼう》を食べよう〟としていた変態から、自分の娘に似た子供を、大金を積んで横取りした。

そして、実子の死亡届を握《にぎ》り潰《つぶ》した。死んだ赤ん坊は、買われた赤ん坊とすり替わった。

こうして、レナはこの家のお嬢様《じょうさま》として育った。法的には養子ではない。

導師様が急な死を遂《と》げたあと――、
首都警察には情報が流れ、子供を買った金持ち達を、刑事が訪問した。〝お前達の悪事は、ばれているぞ〟というプレッシャーを与えるために。

人身売買をしたゲスな金持ちへ警告を与えるために訪れた、いつも灰色の背広を着たとある刑事は――、
ポートマン夫妻と話をして、二人が買った子供を、しっかりと育てていることを知った。そして、どうかこの罪を見逃《みのが》してくれと頼《たの》まれた。

さてどうしたものかと悩《なや》みながら家を出たところで、刑事はレナと会い、

「私の生みの親が、今更《いまさら》になって私を捜しているとかじゃないの？　私は嫌《いや》よ！　絶対に戻《もど》らないわ！　ここが私の家なの！　あの二人が、私の本当の両親なのよ！」

既《すで》に自分が実子ではないことを知っていた彼女にまで、〝余計な口出しはするな！〟と言われてしまった。

そしてその刑事は、沈黙《ちんもく》を守った。

その後――、
ポートマン家で、その刑事のことが話題になった。
家族が出した結論は一つ。
『あの刑事さんは信頼《しんらい》できる。困ったことがあれば頼りなさい』

セロンは、ポートマンを見ていた。

「証明終わりかしら？　――私からは以上よ」

誰《だれ》が見ても優雅《ゆうが》で豪華《ごうか》な彼女が、素直に微笑《ほほえ》むのを見ていた。

「では――」

なぜそこまで信頼《しんらい》できるのか、その理由は一切分からないまま――、

セロンは、ポートマンに訊《たず》ねる。

「その刑事さんを紹介《しょうかい》してはもらえませんか？」

第十一章

狙撃

第十一章「狙撃」

第五の月、十七日。

「来たぜぇ。情報通りだ。あの灰色スーツの男が見えるか？」

革《かわ》ジャン男が、ほくそ笑みながら言った。

「ええ。待ちくたびれましたよ」

セーター男が、それに応《こた》える。

二人の持つ双眼鏡《そうがんきょう》の丸い視界の中で、金髪《きんぱつ》を刈《か》り込《こ》んだ、灰色の背広を着た男が一人、黒髪《くろかみ》の男子生徒に案内されて、校門をくぐっていく。ちらりと横顔が見えて、

「あれが首都警の刑事だ。アイツが、もうすぐアホ面《づら》を連れ出す。両方とも殺す」

「りょーかい」

二人は、校門を見下ろすアパートの一室で、ゴミに囲まれていた。

六日間の張り込み、その間に飲んだ酒の空瓶《あきびん》。食べた食事の袋《ふくろ》。残飯すら適当にぶち込んだゴミ箱。退屈《たいくつ》しのぎに読んだ雑誌。洗濯《せんたく》が面倒《めんどう》で使い捨てた下着。食い残しの食料が腐《くさ》り始め、すえた臭《にお》いもする。

部屋の貸し主が見たら、卒倒《そっとう》しそうなほどの有り様だった。

部屋と玄関《げんかん》を繋《つな》ぐ廊下《ろうか》には、自動車用オイルのラベルが貼《は》られた十リットル缶が置いてある。しかし、中に入っている液体は、灯油《とうゆ》だった。

校門に面した窓《まど》には、植木鉢《ばち》を置くための窓手摺《まどてすり》がある。窓を全《すべ》て上に開き、そこに銃口《じゅうこう》がギリギリ出る位置で、スコープのついたボルトアクションライフルが二丁並んでいた。

銃口だけ少し出して、その少し上までは、ブラインドが降りている。

ライフルはロクシエ陸軍が使っていた軍用小銃であり、払《はら》い下げとして安価で買える、ごくごくありふれたもの。〝射撃《しゃげき》をします〟と言って、運転免許証《めんきょしょう》があれば買える代物。

室内には、やはりありふれた、そのへんの家具屋で売っている机とクッションが、銃架《じゅうか》になっている。

二人は、それぞれのライフルに弾《たま》を込め始めた。口径《こうけい》七・六二ミリの、フルメタルジャケット弾《だん》。

狙《ねら》う先は、窓から百メートルほど離《はな》れた、校門。このライフルなら、当てるのは簡単すぎる距離《きょり》。

薄暗《うすぐら》い室内とは実に対照的に、窓の外は綺麗《きれい》に晴れ、午後の暖かい日差しに溢《あふ》れていた。

弾倉に五発の弾を込め終えたセーター男が、

「開けるぞ」

窓《まど》のブラインドを、ゆっくりと上に上げた。じわりじわりと、注意深く見ていなければ分からない動きで、半分ほどを畳《たた》み上げた。

男が、スコープを覗《のぞ》く。まだ、人差し指は伸《の》びたまま。

丸い視界に、横棒《よこぼう》と、下半分の先が尖《とが》った縦棒《たてぼう》がある。その中心を、つまり狙撃《そげき》の狙《ねら》いを、ちらほらと下校が始まった生徒達の頭に、次々に合わせていった。

それから顔を上げると、

「へへっ！　俺《おれ》、できれば女子生徒を殺したいです。それも、一年とか二年とか、殺されたら親がもう自殺しそうな勢いで嘆《なげ》くくらい、ちっちゃいガキを。アホ面《づら》と刑事の始末は、〝先輩《せんぱい》〟に任《まか》せますよ。いいでしょう？」

革《かわ》ジャン男に、興奮《こうふん》と笑顔を向けた。

「この変態野郎《やろう》が。お前、ろくな死に方しないぞ？　いいだろう。殺した方が少ない方が、今夜の酒をおごりな」

「受けて立ちます。まあ、この銃《じゆう》でこの距離《きより》じゃ、外しようがありませんけどね」

「念のために確認しておく。──射撃《しやげき》後、お前が灯油《とうゆ》を撒《ま》いて部屋を出る。俺《おれ》が、外から発炎筒《はつえんとう》を放り込んで火をつける。運転も俺だ。首都では車で逃《に》げて、レーン川に捨てる。そこから先は、貨物船のお客だ」

「了解。しばらく首都とはおさらばですね。昨日のうちに、揚《あ》げ菓子《がし》食っておくべきだった」

二人の殺し屋は準備を終えると、今校内に入っていく灰色の背広を着た男が、目標を連れて出てくるのを待ち始めた。


二十分が経《た》った。

双眼鏡《そうがんきょう》を覗き込みながら、

「まだかよ。遅《お》せえな」

「ああ、早く殺してぇ」

イライラしながら待っていた男達だったが——、
やがて、そのときは訪れる。

「来たぜ！」

革ジャン男が見つけ、

「奥《おく》の校舎の玄関からだ」

セーター男が指示通りに双眼鏡を向ける。

そこにいたのは、校門に向かって歩いてくるのは、確かにあの刑事だった。そして、目標の
〝アホ面〟だった。

一緒《いっしょ》にいるのは、まるで守るように前を歩くのは、五十代に見える禿《は》げた教師。

その後ろに、黒髪《くろかみ》のハンサムな男子生徒が一人、金髪《きんぱつ》の少し背の低い男子生徒が一人、赤毛

で小柄《こがら》の女子生徒が一人続いたが、目標との関係性は分からなかった。

男二人が、双眼鏡《そうがんきょう》を捨て、ライフルを構える。スコープで、狙《ねら》う。

下校の生徒は増えてきたが、人が重なって狙えないほどではない。

一団は、極《きわ》めて自然に、普通《ふつう》に下校するように、校門へと歩き続ける。その距離《きょり》、三十メートルほど。

「まだ撃《う》つなよ。連中が校門をまたいで、ロータリーに出たらやるぞ。俺《おれ》のアホ面狙《づらそ》撃《げき》が合図だ。あとは好きにやれ」

「了解！」

窓際《まどぎわ》で、二人の狙撃手は並んで息を整え始めた。何度もやってきた〝仕事〟だが、それでも興奮《こうふん》して早まる鼓動《こどう》を、強引に押《お》さえ込《こ》みにかかる。

あと三十メートル。

何も知らない生徒達の談笑が、風に乗って二人の耳にも届く。

「今日が人生最後の日だって、教えてやるよ」

セーター男が、赤毛の少女の体に狙いを付けながら、そしてほくそ笑みながら呟《つぶや》いた。

目標が動くにつれて、ライフルの銃口《じゅうこう》が、少しずつ下がっていく。

あと二十メートル。

「やるぞ」

「ういす」

二人の男の人差し指が、曲がり出した。

あと十メートル。

二本の指が、冷たい引き金に触《ふ》れた。

九メートル。

八メートル。

七メートル。

六メートル。

五メートル。

四メートル。

そして、

二発の銃弾《じゅうだん》が、第四上級学校の上空を飛んだ。


「ん？」

マードック先生は、校門をまたぎ終えたところで、足を止めて空を仰《あお》いだ。

「どうしました？　先生」

セロンの質問に、

「今、聞いたか？」

マードック先生は逆に聞き返すことで答えた。

生徒達の談笑する声、ロータリーで待つ車のエンジン音。大通りの走行音。

それら、普段《ふだん》よく聞く音、聞きなじみのある音しか聞こえなかったセロンは、

「いいえ。何か特別な音が？」

またも質問で会話を繋《つな》げて、

「いや、私の勘違《かんちが》いだろう。いい」

マードック先生は、首を振《ふ》ると歩き出した。

目の前を歩く、首都警察の刑事と、エデルマンのあとを追う。

用意された高級車に、刑事とエデルマンが乗り込《こ》んでいく。

マードック先生以下、セロン達は、乗るのを確認した上で、素知らぬふりをして車の脇《わき》を通り過ぎる。

「…………」

セロンがちらりと横目で車内を見ると、閉められたカーテンの隙間《すきま》から、エデルマンがこっちを見ていた。

彼の口が動いて、

〝ありがとう〟

何度もそう繰《く》り返しているのが、セロンには見えた。

車がロータリーを出ていくと、セロン達は踵《きびす》を返して、校内へと戻《もど》っていく。

「…………」

マードック先生は、額《ひたい》に大きな皺《しわ》を寄せながら、

「弾《たま》が……、二発……」

小さく、そう呟《つぶや》いた。音速を超《こ》えて飛ぶライフルの弾丸《だんがん》、その衝撃波《しょうげきは》は、短く鋭《するど》い破裂音《はれつおん》を円錐《えんすい》状に生み出す。

かつて、戦場で何度も何度も何度も聞いた音を、マードック先生は三十年ぶりに耳にした気がしたが、

「…………」

そこは塹壕《ざんごう》と荒《あ》れ地が続くレストキ島ではなかった。

見渡《みわた》す校門の風景はいつもと変わらず、車の走行音、ときにクラクション、そして何より、楽しそうな生徒達の声に溢《あふ》れていた。

「まさかな……。あり得ない……。私も耄碌《もうろく》した……」

頭を振ってから、かつての兵士は、校内に戻っていく。

＊　＊　＊

時間は、少し戻《もど》る。

十二日——、刑事達が公園で話し、ハートネットが学校に来たその日の夕方。

トレイズが、学校生活にも慣れ、新聞部の追求もかわし、

「平和な首都生活。のんびりした学校生活。やっぱいいなー」

寮《りょう》の自室で、呑気《のんき》なことを、伸《の》びをしながら口にしたとき、

『荷物が届きました。ジョン・エイワード、カチュア・ネルソン、トレイズ・ベイン。以上三名は、受け取りに職員室まで来てください。繰《く》り返します——』

寮内アナウンスが流れた。

「おっ、本国からの補給物資！」

トレイズは、イスから立ち上がり、緑色のTシャツの上に、学校のトレーニングウェアを羽《は》織《お》った。下は、短パン。

トレイズの部屋にある私物は、それほど多くない。

まず、革《かわ》製ジャケットを含《ふく》む、少々の着替《きが》えがタンスの中に丁寧《ていねい》にしまわれている。

教科書やノートなどの勉強道具と、大小一つずつの鞄《かばん》が机の上と脇《わき》にある。

小さなチェストの上には、母親から譲《ゆず》り受けたカメラ。ちなみに、かつて武器として使われたこのカメラは、トレイズの予想通り壊《こわ》れてしまったが、修理されて今はちゃんと使える。

そして、洋服ダンスの奥《おく》に隠《かく》された、小型金庫——、とその中に拳銃《けんじゅう》と弾丸《だんがん》。

トレイズは、小さな鍵《かぎ》を一つ持って、部屋を出る。ドアに鍵を閉めて、廊下《ろうか》を進み、階段を下りる。

途中《とちゅう》、すれ違《ちが》った別の寮生と、

「トレイズ！　食べ物だったらお裾分《すそわ》けな！」

「だといいなー！」

そんなたわいのない会話を交わし、寮の一階、エントランス脇にある寮の職員室へ。

ガラス張りで中は見えるのだが、トレイズは一応ノックしてから、入室する。

「ベインです。荷物受け取りに来ました」

四十代の女性職員は、書類を差し出して、

「早かったねー。サインして」

トレイズはサラリと書いて、

「どれですか？」

「そこの床《ゆか》の上」

「え？　——あれですか？」

「そう。頑張《がんば》って運んでね」

二人の視線の先には、壁際《かべぎわ》の床《ゆか》の上には、長さ一・五メートルはあるダンボールの箱が横たわっていた。高さと奥行《おくゆ》きも、五十センチはある。

粘着《ねんちゃく》テープで補強されているが、運ばれてくる間、その大きさゆえに雑に扱《あつか》われたのか、角はぼこぼこに凹《へこ》んでいた。

「なんだこりゃ……」

「〝運動用具〟、って送り状に書いてあったわよ。壊《こわ》れてなければいいけど」

職員が言って、トレイズのためにドアを開けて保持してくれた。トレイズは礼を言うと、荷物の前にしゃがみ、両手で抱《かか》え上げる。

「む……」

「重いでしょー。中身分かる？」

職員の言葉に、

「いやー、想像もつきません」

トレイズは嘘《うそ》を答えた。

他の生徒に気を遣《つか》いながら、トレイズは荷物を自分の部屋に持ち込《こ》んだ。

そして、中からシッカリと鍵《かぎ》をかけた。普段《ふだん》はあまりかけない、チェーンロックまでかけた。

部屋の中央に鎮座《ちんざ》するダンボール箱を、ポケットナイフで、丁寧《ていねい》に切り開けていく。

中に入っていたのは、布と紐《ひも》でシッカリとくるまれた、細長い、そして重い、何か。そして、木製の箱。

もう完全に中身が分かってしまったトレイズは、布をほどかずに、再び部屋の外に出た。

今度も鍵をシッカリとかけて。

目的地は、ロビー脇《わき》にある公衆電話。


『どういうことだー！　あれ！』

隣《となり》や近くに誰《だれ》もいないことを確認しながらも、トレイズは声を抑《おさ》えめにして、受話器へと叫《さけ》んだ。

『殿下《でんか》――、じゃなくて坊《ぼっ》ちゃま。連絡《れんらく》が来ると思っていました。首都の宅配業者は優秀《ゆうしゅう》ですなあ。開けましたか？』

のんびりとした、中年女性の声が返ってくる。近くのアパートに住んでいる、王室警護官の一人だった。

『開けなくても分かる！　勘弁《かんべん》してくれ！　それでなくても、リリアに怒《おこ》られているというのに！　騒《さわ》ぎを起こすなと言われているのに！』

『坊ちゃま――、ちょっと真面目《まじめ》に話を聞いてくださいな』

女性の声のトーンが、急変した。ゾッとするほど、冷徹《れいてつ》な声に。

『なんだ?』

トレイズの声も、同じように落ち着いた。

『観測者が、います。校門の前、ロータリーと大通りを挟《はさ》んだアパート、その五階です。右から四番目の窓《まど》。ブラインドの隙間《すきま》から、双眼鏡《そうがんきょう》が見えます。発見したのは一昨日《おととい》の夕方です』

『…………。間違《まちが》いは、ない——、だろうな。お前達の目なら』

トレイズは、顔を曇《くも》らせながら答えた。

優秀《ゆうしゅう》な人材しかいない王室警護官が、つまらない見間違いをするはずなどないことを、トレイズはよく知っている。

『何者だ?』

『不明。昨朝、その部屋を偵察《ていさつ》に行きました。近所の聞き込《こ》みによると、前日に誰《だれ》かが引っ越《こ》してきたそうだが、まったく分からないと。挨拶《あいさつ》もなかったと』

『首都なら珍《めずら》しくないと聞いたが』

『はい。そこで見張ったところ、出かける人影《ひとかげ》を見ました。男が二人です。革製《かわ》ジャケットと、セーター姿。共に、堅気《かたぎ》には見えませんでした』

『で?』

『二人はすぐに戻《もど》り、校門の監視《かんし》を今日も続けています。銃《じゅう》は見えませんが、万が一に備えて、荷物を送りました』

『万が一って、なんだよ?』

『殿下《でんか》の命を狙《ねら》う狙撃手《そげきしゅ》なら——、先手必勝です。寮《りょう》のベランダからなら、十分狙《ねら》える位置です。もちろん、向こうからも狙えますが』

『だー! どうしてそうなる? 首都警察に連絡《れんらく》したらどうだ?』

『しました』

『……?』

『既《すで》にしましたよ。怪《あや》しい二人が住んでいると。電話したのですが、返事がありません。せっついてみたところ、〝犯罪の確たる証拠《しょうこ》がなければ動けない〟とまで言われまして』

『で? たぶん、お前達のことだ、尾行《びこう》したんだろう?』

『もちろん。昨夜こっそり二人をつけたところ、繁華街《はんかがい》で別の男と接触《せっしょく》していたので、その背広の男をつけました。彼は、首都警察の本部に入っていきました。調べたところ、刑事だそうです』

『…………。状況《じょうきょう》が分からないな……』

『我々《われわれ》にも分かりません。ただ、この学校で、監視、狙撃される可能性が一番高い人は、殿下です。我々はそう認識しています』

『で?』

『我々《われわれ》も、監視《かんし》は続けます。木箱には無線機があります。在室中は、常に聞けるようにしておいてください。安全な位置を書き記した地図もあります。ご不便でしょうが、移動はそのルートを使ってください。ベランダに出ないように。校門からは外に出ないように。寮《りょう》の裏手玄関《げんかん》、通用口からは大丈夫《だいじょうぶ》ですが、出る前には我々に連絡《れんらく》を』

トレイズは、シッカリと頷《うなず》いた。その目に、ロビーでくつろぐ生徒達が映《うつ》る。

『分かった。助かる。関係のない人達を巻き込《こ》みたくはない。巻き込んではならない』

『坊《ぼっ》ちゃまなら、そうおっしゃると思っていました』

電話を終えて、トレイズは階段を駆《か》け上る。

「よう、食べ物だったか？」

「残念。辞書と参考書だったよ。——食うか？」

「いらねーよ！　食っても頭よくなんねーからな」

途中《とちゅう》でそんな会話を交わしたあと、部屋に戻《もど》った。

木箱を開けて、会話通り中に入っていた小型無線機と、双眼鏡《そうがんきょう》と、実弾《じつだん》を取り出す。

布をほどいて、予想通り中に入っていた自動式狙撃銃《そげきじゅう》と、金属製の円筒《えんとう》を取り出した。

年末年始、イクストーヴァを舞台《ぶたい》にした騒動《そうどう》で使われた最新式の自動式狙撃銃は、そのまま王家に贈呈《ぞうてい》された。細身で軽量、引き金を引くだけで十発まで連射《れんしゃ》できるセミオート式。

銃の左側に取り付け金具があり、四倍から九倍までズームができる、厳《いか》つい外見のスコープがついている。

円筒は、イクストーヴァの職人が作り上げたサプレッサー（銃声抑制機《よくせいき》）。

銃口につけることによって、激《はげ》しい銃声を、耳栓《みみせん》なしでも撃《う》てるほどに抑制する。イクストーヴァの谷では、雪崩《なだれ》の危険がある時期、そして箇所《かしょ》での発砲《はっぽう》によく使われている。

「ああもう、なんでこうなるんだろ……。リリアが知ったら、怒《おこ》るだろうな……」

トレイズは呟《つぶや》いて、ぶるっと体を震《ふる》わせた。

「普通《ふつう》の上級学校生って、難しいんだな……」


以後、トレイズは言われたとおり、学校からは出ず、また狙撃の危険のあるエリアを避《さ》けて行動した。

せっかく取った体育の授業も、校庭での運動があるときは、適当な理由をつけて休んだ。

「ちょいと、最近ヘンよ？」

授業が一緒《いっしょ》で、時々昼食も共にするリリアにあっさりと気づかれたが、

「実は、今少し、地味に行動しているんだ」

そう、嘘《うそ》ではないが本当でもないことを言うと、

「まあ、それならしょうがないけど」

リリアは納得した様子で、

「メグに、二人で新聞部に顔を出さないかと誘《さそ》われているんだけど、まだ先にしておくわ」

「うん。助かる」


トレイズも、アパートの偵察《ていさつ》を始める。

部屋から行うのは危険度が高いので、放課後の校内を移動し、空《あ》いている教室に入る。カーテンをこっそりと動かし、本当にギリギリの隙間《すきま》から、例のアパートを双眼鏡《そうがんきょう》で覗《のぞ》く。

男達は、確かに毎日いた。

ただし、注意深く学校を監視《かんし》していたのは、朝と夕方の登下校時のみで、それ以外のときは、部屋の中で飲食をしたり、昼寝をしていたり、ときには酒まで飲んでいた。

「連中、何がしたいんだ……?」

その日の監視を終えて、寮《りょう》に戻《もど》ろうとしていたとき、トレイズは、顔見知りとすれ違《ちが》う。

「おっ――。やあ、セロン」

「トレイズか。妙《みょう》なところで会うね」

「最近、こっちルートで、図書館経由で帰ってる。そっちこそ、最近新聞部は?」

「やってない……。まあ、いろいろとあってね」

「リリアに聞いた。顔を出すのは、もうちょっとしてからがいいって」

「頼《たの》む。また連絡《れんらく》するよ。じゃあ」

手を振《ふ》ってセロンを見送ったトレイズは、彼が持っていた、洗濯《せんたく》済みの着替《きが》えに、首を傾《かし》げた。折り畳《たた》まれたTシャツや、短パン、下着類などを、セロンはダンボールで持っていた。

「なんで校内で着替えが必要なんだ？　新聞部で、お泊《と》まり会？　——楽しそうだなー」

呟《つぶや》いたトレイズは、

「ますます、連中を巻き込《こ》むわけにはいかない……」

険《けわ》しい顔をして、廊下《ろうか》を歩く。

すれ違ったセロンが、

「トレイズまで巻き込むわけにはいかない……」

そう呟いていることなど知らず。

＊　　＊　　＊

そうして、五日が過ぎ——、十七日の朝。

まだ寮ではほとんど誰《だれ》も起きていない時間に、

『坊《ぼっ》ちゃま！』

トレイズは、短く鋭《するど》い言葉で起こされた。

「うわっ！」

ベッドから跳《は》ね起きたトレイズは、

『坊《ぼっ》ちゃま……。起きてください……』

その下に置かれた小型無線機からの声を、今度は小さく囁《ささや》くような声を聞いて、すぐにヘッドセットを耳に、マイクを喉《のど》に装着した。

『聞こえてる。おはよう。早いな』

トレイズは、答えながら時計を見た。朝の六時。そして、窓《まど》の外を見た。綺麗《きれい》に晴れた朝。

無線の相手は、当然王室警護官の女性。

『動きがありました。連中、二人とも、ライフルを持ち込《こ》みました。今日、狙撃《そげき》する可能性が高まりました。備えてください』

『了解。手はず通りにやる』

トレイズは、登校しなかった。

寮食《りょうしょく》で、朝食だけはシッカリと食べた。さらに、幾《いく》つかのパンや果物などの食べ物、瓶《びん》に入ったジュースや水などを、大量に持ち出した。

自分の部屋に戻《もど》ると、パイプベッドからマットレスを取り外し、横に立てたそれを、カーテンが閉められた窓際《まどぎわ》へと移動した。

パイプベッドの脇《わき》に、分厚く重い金属製のプレートを、何回かに分けて送りつけられていたそれを、針金とペンチで縛《しば》り付けていく。

簡単な作業で、横にしたベッドは、弾丸《だんがん》を斜《なな》めにはじく防弾板となった。トレイズの部屋は、銃座《じゅうざ》となった。

小さく空《あ》いた隙間《すきま》に、トレイズはサプレッサー付きの狙撃銃を差し込み、クッションが撒《ま》かれた部分に置いて安定させた。

狙撃銃に弾倉を装着して、装塡《そうてん》レバーを引いて放した。金属音が響《ひび》いて、一発目が、薬室へと送り込まれる。

トレイズは安全装置をかけて、普段《ふだん》は勉強に使っているイスに座る。

そして、ここで初めてカーテンを開いた。窓を開けた。

狙撃銃を構える。スコープ越《ご》しに、男達が陣取《じんど》る部屋が見えた。ブラインドが閉まっている窓が、すぐ近くにあるように、見えた。

トレイズは、動かなかった。

イスに座り、狙撃銃を構えたまま、ひたすら窓を狙《ねら》い続ける。

生徒達の登校が終わり、授業が始まった頃《ころ》、別の場所から部屋を監視《かんし》している王室警護官からの、無線連絡が入る。

『動きました。銃《じゅう》を準備しています』

報告の通り、男二人はアパートの部屋にいて、ライフルを窓際《まどぎわ》に持ち出した。窓手摺《てすり》の内側に、細い銃身先端《せんたん》が見えた。

しかし、その狙《ねら》いはトレイズの部屋ではなく、校門だった。

『連中は双眼鏡《そうがんきょう》を使っています。その部屋がばれていない可能性がありますが、油断はしないでください』

『了解した』

そして、トレイズは待った。

そこから先、実に八時間以上。

トレイズは、ひたすら待った。

無線の指示を聞き逃《のが》さないように、そしていつでも発砲《はっぽう》できるように準備したまま。

銃を構えたまま、食事をした。空《あ》き瓶《びん》に小便をした。

〝狩《か》りに一番必要なのは、獲物《えもの》の動きを読むことでも、銃の腕《うで》でもありません。忍耐《にんたい》です。ひたすらずっと待ち続けることができた人だけが、獲物を仕留められるのです〟

かつて、全《すべ》てを教えてくれた、そして今年の正月に死んだ老人の言葉通り、

「…………」

トレイズは、狙撃銃と一体になって、銃座の一部と化した。

下校時間になって、生徒達の声が聞こえてきた頃《ころ》だった。

『殿下《でんか》、動きが』

無線に飛び込《こ》んできた、本来使われないはずの呼称《こしょう》に、トレイズは気を引き締《し》めた。左手で喉《のど》のマイクスイッチを押《お》す。

『見えてるよ。ブラインドを上げているな』

『連中、装塡《そうてん》は済んでいます。撃《う》つつもりです』

トレイズの目にも、アパートの窓に少しだけ出ている銃口の、細かな動きが見えた。

逆光になるので、暗い室内の様子や、男達の顔は分からない。だが、

『連中は二人とも右撃ちか？』

『そうです』

『十分だ』

トレイズには、狙うべき場所が分かった。

銃口の角度から計算した、暗い窓の奥《おく》。そこに、射手《しゃしゅ》の頭がある。

『銃口に動きが。校門を狙っています』

耳に飛び込んできた言葉と、その通りに見える視覚情報で、トレイズは困惑《こんわく》した。

『可能性は二つ。誰《だれ》かを殿下《でんか》と間違《まちが》えている。または、狙撃《そげき》目標が殿下ではない誰か』

冷静すぎる王室警護官の声を聞いて、トレイズは即決《そっけつ》した。

『どちらにしても、看過《かんか》できない。最悪、俺《おれ》が退校処分か殺人罪になるくらいだろう』

『それでこそ殿下。イクストーヴァ万歳《ばんざい》。——では、どうぞ。こちらの準備はできています』

その言葉を耳にしながら、トレイズは撃《う》った。

抑制《よくせい》された銃声《じゆうせい》が、二回、世に放たれた。
空薬莢《からやっきよう》が二つ飛び出て、装甲板内側に当たって、部屋の床《ゆか》に落ちた。
二発の弾丸《だんがん》は——、
寮《りよう》の端《はし》の部屋と、校門向かいにあるアパートの部屋を、音速の線で繋《つな》ぐ。

アパートの部屋で、まずはセーター男の頭が爆《は》ぜた。

右のこめかみから侵入《しんにゆう》した弾丸は、男の右側頭部から後頭部までに凄《すさ》まじい衝撃《しようげき》を与えて、それを吹き飛ばした。

〇・三秒後、二発目が革《かわ》ジャン男の右肩《かた》に命中し、肩の骨を粉砕《ふんさい》しながら進路を曲げて、背中から飛び出してゴミの山に刺《さ》さった。

「ぎゃふっ！」

男は悲鳴を上げ、床の上に崩《くず》れ落ちた。一発も撃《う》たないままのライフルが、彼の頭の上に降ってきて、スコープがおでこを直撃《ちょくげき》して深い切り傷を作ったが、

「があああああっ……」

彼に、その痛みを感じる余裕《よゆう》はなかった。

「た、助けろ、うたれ、た——」

左側にいた仲間に向け、必死に体を起こすと、そこには、今日が人生最後の日になった、セーター男の姿があった。脳みそをだらりと垂《た》れ下がらせ、目を見開き、項垂《うなだ》れたまま座っている死体があった。

「へ……？」

玄関《げんかん》のドアが開かれる音がしたが、男にはもう聞こえていなかった。

二人の人間が、足音もなく入ってきたが、そんなことを気にする余裕はなかった。

肩《かた》から背中まで、燃えるような激痛《げきつう》に襲《おそ》われながら、揺《ゆ》らぐ視界の中、

「だ、れ？」

男は、自分を見下ろす、そのへんで買い物でもしていそうな中年の女性の顔を見て、

「…………」

その女性が、無言のまま打ち付けてきた、そのへんのお店で売っていそうな金槌《かなづち》の先端《せんたん》を、

見ていた。

『坊《ぼっ》ちゃま。お見事でした。あとは全《すべ》てお任《まか》せください。お部屋の掃除《そうじ》を、どうぞ。学校を休ませてしまって、すみませんね』

二発を撃ったまま、いつでも三発目を撃てる体勢で用意していたトレイズの耳に、そんな言葉が届いた。

「ふう……」

狙撃銃《そげきじゅう》から右手を放し、その手で安全装置をかけて、

トレイズは息を吐《は》いた。そして、

「あー、これがリリアにばれたら、俺《おれ》が殺される……」

この日、トレイズが狙撃した部屋の隣人《りんじん》は、気むずかしそうな初老の男だった。

彼は、いつも通りに、夕方の買い物へと廊下《ろうか》に出る。

そして、大量のゴミ袋《ぶくろ》を抱《かか》えて、忙《いそが》しそうに階段を上り下りする夫婦を見かけた。二人とも、エプロン姿だった。

「見ない顔だな。お隣《となり》さんか？」

夫婦は答えた。

違《ちが》います。自分達は単なる掃除屋《そうじ》だと。

この部屋の店子《たなこ》は、家賃も払《はら》わず逃《に》げてしまい、大家から掃除を頼《たの》まれたのだと。今それをやっていて、夜までには終わると。

「そうか。幾度《いくど》か見たが、まあ、胡散臭《うさんくさ》いヤツラだった。挨拶《あいさつ》もできん若者に、未来はない」

老人がそう言って鼻《はな》で笑うと、夫婦は答える。

まったくもって、その通りだと。

＊　＊　＊

『お電話代わりました。ハートネットです』

『おう、俺《おれ》だ』

『これは警部。――どうなりました？』

『答えたくないが、答える。まず、エデルマンだが、家族と一緒《いっしょ》に保護することになった。いろいろと聞きたいこともあるしな』

『それは良かった。当然、場所を知るものは、限られているんでしょうね？』

『ああ。セーフハウスだ。――もしそこがばれたら、誰《だれ》が内通者かはすぐに分かる』

『まるで、ばれてくれたらいいような口ぶりですね』

『お前、嫌《いや》なヤツだな。――俺は、優秀《ゆうしゅう》で嫌なヤツは嫌《きら》いだ』

『ありがとうございます』

『けっ』

『ついでで申し訳ありませんが、こちらも、一つ動きが。お時間よろしいですか？』

『言ってみろ』

『我々《われわれ》の捜査《そうさ》網《もう》に、一人、組織と繋《つな》がりがありそうな人物が引っかかりました。今回の件と関係があるか分かりませんが、一応お伝えしておきます』

『〝連邦《れんぽう》警察の獲物《えもの》だから、首都警はそいつに手を出すな〟ってことだろ？』

『話が早くて助かります』

『けっ。――続けろ』

『はい。とある大手麻薬《まやく》組織に、スー・ベー・イルの人間が関《かか》わっている可能性が出てきました』

『…………。なんだそりゃ』

『首都在住のスー・ベー・イル人です。もちろん、合法的に入国、滞在《たいざい》していることは間違《まちが》いありませんが』

『単なる隠《かく》れ蓑《みの》だ』

『でしょうね。その男は、どうもスー・ベー・イルへの麻薬ルートの開拓《かいたく》を目論《もくろ》んでいたようで、頻繁《ひんぱん》に我《わ》が国の組織に接触《せっしょく》してきたとか。ま、詳《くわ》しい捜査《そうさ》はこれからですが』

『どうせ詳しく教えてくれないのなら言わなくていい。しかし、酷《ひど》くムカツク野郎《やろう》だ。この手でぶち殺してやりたい』

『警部は、スー・ベー・イル人がお嫌《きら》いのようで』

『ああ、大嫌いだ。若いお前には分からないだろうがな』

『捜査に、私情は挟《はさ》まないでいただけると助かります』

『捜査をするなと言いたくて伝えてるくせに、〝私情は挟むな〟だと？　俺《おれ》は、笑えばいいのか？』

『射撃《しゃげき》練習の的に、そいつの名前を書くと気分が晴れると思いますので、お教えしておきますが――』

『おう』

『そのスー・ベー・イル人の名は、〝トラヴァス〟。王国陸軍の少佐で、先日まで駐在《ちゅうざい》武官補佐官として、首都の大使館で勤務していました』

『…………』

『もしもし？』

『ああ……。軍人か』

『ええ。経歴は不詳《ふしょう》ですが、かなりのやり手のようですね』

『ああ』

『ご存じで？』

『いや』

『……？　まあ、そのトラヴァス少佐の名が、複数情報源から出てます。以後、ご注意を。ただ――』

『ただ？』

『当人は、先月何らかの理由で首都を離《はな》れたようで、スー・ベー・イルに向かいました。今我々《われわれ》が足取りを捜査中ですが、妙《みよう》でしてね』

『妙、とは？』

『念のため、お耳に入れておきますが、どうも、飛行機事故で死亡したとの情報が流れています』

＊　＊　＊

首都警の刑事が、ハートネットに、

「なんだとっ！　知っていることを全《すべ》て教えろ！」

そう凄《すご》んだのと、ほとんど同じ時間。

「はい、シュルツです」

リリアは、自宅にかかってきた電話を取った。

「母ですか？　今、外出中です。何時に帰るかは聞いていませんので、伝言をお預かりしますが」

リビングで宿題中だったリリアは、手に持ったままだったペンを、そのままメモ帳へと置いた。

「ええ、どうぞ――」

受話器の向こうで、誰《だれ》かが何かを言って、

「はい？」

メモを取るリリアの手が、止まった。

「しん、だ……？　トラヴァス少佐、が？」

＊　　＊　　＊

その日の夜遅《おそ》く、

「たっだいまー、おなかすいたー」

帰宅した普段着《ふだんぎ》のアリソンに、リリアは、

「おかえり。読んでおいて。そういう電話があった。もう、何言っていいか、分からないから、わたしは、寝《ね》る」

そう言って、メモを渡《わた》した。

アリソンは受け取ると、すぐに自室に引っ込《こ》んだ娘《むすめ》を見送り、裏返しだったメモをひっくり返す。

そこには、かなり震《ふる》えた文字で、何カ所かのスペルミスを含《ふく》んで、こう書いてあった。

『トラヴァス少佐が、飛行機事故で、死んで、亡くなった。大使館、れんらく。

ラプトアから飛んだ、軍用キが、ついらく。

ずっと行方分からなかった。

ルトニが、ルトニで、死体みつかった。

きていた、服で、まちがいない。

遺体、かおが、損傷、ひどいので、現地で火ソウされた。葬式《そうしき》、ない。

スフレストス、実家、れんらくされた。らしい。

あなた（ママのこと）、友人と聞いていた、連絡《れんらく》した。以上』

「…………」

読み終えたアリソンは、リリアが消えたドアを一度眺《なが》めて、

「ごめん、リリアちゃん……。心配かけた……」

小さく頭を下げた。

そして、顔を上げたとき、そこにあるのは笑顔。

「あのやろー、まーた〝死にやがった〟か！」

あとがき

読者の皆様《みなさま》こんにちは。作者の時雨沢恵一《しぐさわけいいち》です。

ここから、あとがきの開始です。

いつも通り、ネタバレはありませんよ？　本屋で先に読んでも大丈夫《だいじょうぶ》。

もちろん、購入《こうにゅう》してから落ち着いて読んでも大丈夫。オススメ。


さて——、『メグとセロン』最終Ⅶ巻のあとがきで、私は一つ宣言をしました。

「『アリソン』からのシリーズのキャラを全部出して、オールスター編を書く」と！

そうです皆様、これがその本です！

だって、作者が言うのだから間違《まちが》いない。


ホッとしました。

宣言をして逃《に》げ場をなくしたので、もし出さなければ、時雨沢は末代まで嘘《うそ》つき呼ばわりされてしまっていたことでしょう。ふう、危なかったぜ。

メインタイトルですが、メグセロ最終Ⅶ巻のあとがきに書いた通り、

「『アリソンとヴィルとリリアとトレイズとメグとセロン』じゃ長すぎるよねぇー」

と思っていたので、最終的に、

『一つの大陸の物語』

となりました。なんかちょっと荘厳《そうごん》そうで、気に入ってます。


実はこれ、かつて『アリソン』執筆《しっぴつ》時に考えていたタイトルの復活なのです。

前もどこかでお話ししたと思いますが、当時『アリソン』はあくまで仮のタイトルで、執筆中の仮称《かしょう》だったのです。

『キノの旅』みたいに、キャラ名を入れた別のタイトルをつけるはずだったのです。

しかし、悩《なや》みに悩みまくっても結局決まらず、最後はもう時間切れな形で、『アリソン』になりました。

『アリソンとヴィル』にしておけばよかったと気づいたのは三年後。『リリアとトレイズ』を書き始めた頃《ころ》の話です。


こうして決まった『一つの大陸の物語』というメインタイトルですが、編集部での打ち合わせで、

「これだけだと、『アリソン』から繋《つな》がるシリーズの続編だって分かりにくいかもね？」

と編集さん。

「ですよねー」

と私。

この本は、『アリソン』から続くシリーズを読んでいないと分からない箇所《かしょ》がたくさんあります。完全新作だと思われてしまったら大変です。

そしてここで、私の目が光ったのです。ピカピカと。

「じゃあ、こうしましょう！　『一つの大陸の物語』がメインタイトルで、サブタイトルとして『～アリソンとヴィルとリリアとトレイズとメグとセロンとその他～』をつけるのです。そうすれば、みなさん『ああ、これはそれぞれの続編なのね』と分かってくれるでしょう。これにて一件落着！　あと、ヴィルの名前がタイトルに初めてついた！」

なんという天才的な思いつき！　ああ、自分の才能が怖《こわ》い……。

すると編集さん曰《いわ》く。

「でもそれ、『長いから却下《きゃっか》』ってことになっていたタイトルよりさらに長いよね？」

「ですよねー」

「それ、いいの？」

「えっと……、まあ……、うん、はい」

「ま、作者がそう言うのなら……」

という高度に政治的なやりとりがあって、結果こうなりました。

『一つの大陸の物語　～アリソンとヴィルとリリアとトレイズとメグとセロンとその他～』

長いですが、よろしくお願いします。

〝その他（ほか）〟とつけたのは、タイトル以外にも出てくるキャラはいますよ、という意味なのですが――、そして、頑張《がんば》って、名前のあるキャラを全員出そうと努力しましたが――、話の舞台《ぶたい》や展開上、どうやっても出せなくて、今回登場できなかったキャラもいます。

ここで弁明しておきますので、これから読んで、

「大好きなあのキャラが出てこないじゃないか！　詐欺《さぎ》だ！」

と、時雨沢や編集部を訴《うった》えるのは止《や》めてくださいどうかお願いします。

二〇一三年　三月　十日

時雨沢恵一

追記・下巻は五月発売！

今頃明かしてみる
『メグとセロン』一巻《表紙ね》の真実！
メグ
また明日ー
じゃーねー
このあと結局
メグは隣に座らなかったし
その上、部長に全部見られてて
記念写真まで撮られたセロンくん‥
それが一巻の表紙になったのでした。
‥‥でしたが。
ついにこの『一つの大陸の物語《表紙》』で
隣に座ることができました！
ついでにリリアの幅寄せもプラスで
圧迫祭りです！良かったね！
あ
セロンくーん
それでは『一つの大陸の物語』
下巻でお会いしましょうー。
黒星紅白でした。

『アリソン』『リリアとトレイズ』『メグとセロン』

“一つの大陸の物語”シリーズ

Playback

『アリソン』『リリアとトレイズ』『メグとセロン』
“一つの大陸の物語”シリーズ
Playback

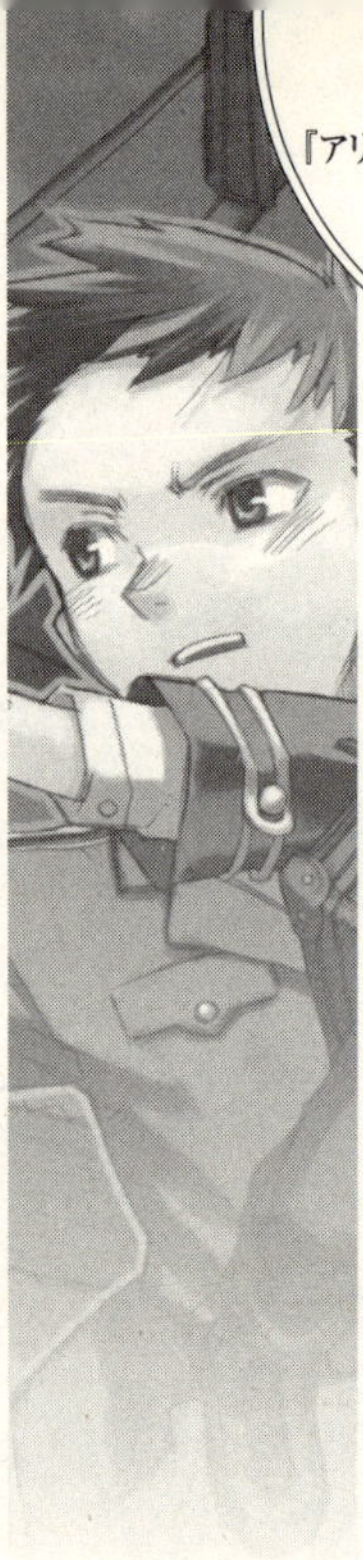

巨大な大陸が一つだけある世界。
学生のヴィルと軍人の少女・アリソンが織りなす、
胸躍るアドベンチャーストーリー！

アリソン

2002年〜2004年　全4巻

アリソン

発売:2002年3月10日

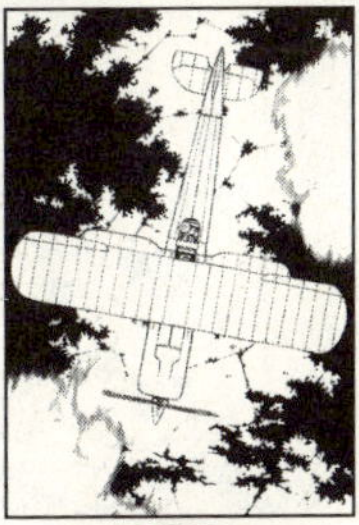

<Story>

ヴィルとアリソンはホラ吹きで有名な老人と出会い"戦争を終わらせることができる、それだけの価値がある宝"の話を聞く。しかし、2人の目の前でその老人が誘拐されてしまう!?

SIGSAWA's Comment

シリーズの始まりにして、人生初長編作品！　シリーズのアイデア自体はデビュー直後の00年からありましたが、書き始めたのは01年の春でした。当初はその年の10月発売予定だったのに、途中あまりにも進まなくて、一旦、『キノの旅V』を書くために中断。やっと書き終えたのは11月末！　今までで一番、執筆"期間"が長い作品でした。タイトルは仮称でしたが、結局本採用に。『アリソンとヴィル』にしておけばよかった！

アリソンII
真昼の夜の夢

発売:2003年3月10日

<Story>

ヴィルの冬期研修旅行を聞きつけたアリソンが、ある計画を立て、2人は一緒に過ごすことに……。しかし、偶然たどり着いたある村で、ヴィルが誘拐されてしまい——。

SIGSAWA's Comment

02年の1月に、それまで住んでいた埼玉県から神奈川県に引っ越してきて、そこで9～11月に書いたのがこの作品です。続編ということで、Iよりは早かったですが、それでも3ヶ月間みっちり。長編は本当に大変です。途中で手が痛くなって、何度も鍼治療に通いました。それでも、シリーズが続けられたこと、本当に嬉しかったです。またこれによって、秋は仕事、というパターンが確立したのです。

アリソンⅢ<上>

ルトニを車窓から

発売:2004年3月10日

<Story>

ベネディクトの計らいで、2つの連邦を繋ぐ大陸横断鉄道に乗り込んだアリソンとヴィル。豪華な列車旅行を楽しむはずだったのだが、次々と列車の乗務員たちが殺され……!?

SIGSAWA's Comment

アリソンとしては最終エピソードになるⅢ巻ですが、今まで以上に話が長くなってしまい、初の上下分冊になりました。分冊は書き終えてから決まったので、書くときはやっぱり大変で、03年の9月から12月頭までかかりっきり。プロットに合わせて書けども書けども、全然終わらない怖さ。

アリソンIII<下>
陰謀という名の列車

発売:2004年5月10日

<Story>

大陸横断鉄道の乗務員が次々に殺され、その犯人を目撃してしまったアリソンとヴィル。しかし、犯人を捕まえられないまま、さらなる事件が……。アリソンの出生の謎も明らかに!

SIGSAWA's Comment

そして下巻。若い頃のアリソンとヴィルの話としては、ここでキッチリ終わりました。Iにおいて"回収できるか分からないけど、書くだけは書いておいた"伏線が、最後の最後で回収できたのは嬉しかったですよ。その次も書いていいと既に決まっていたので、娘のリリアも未来のシーンで登場。シリーズはまだまだ続くよ! これを書き終えた直後、もっと広い部屋へ引っ越ししました。

『アリソン』『リリアとトレイズ』『メグとセロン』
“一つの大陸の物語”シリーズ
Playback

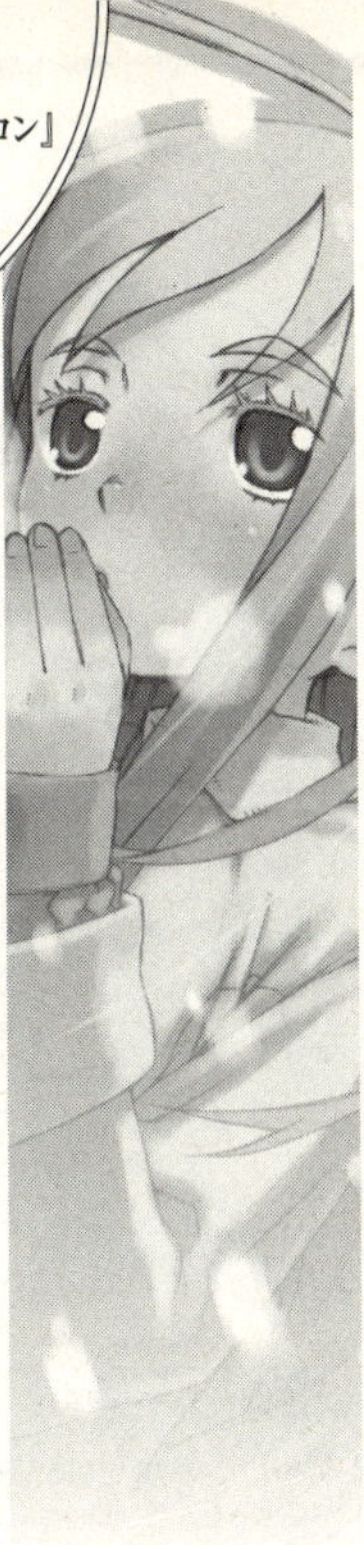

幼なじみのリリアとトレイズ。
でもトレイズにはリリアに言っていない
大きな秘密があった――

リリアとトレイズ

2005年〜2007年　全6巻

リリアとトレイズⅠ
そして二人は旅行に行った〈上〉

発売:2005年3月10日

<Story>

ある日、リリアの幼なじみであるトレイズが夏休みを利用して遊びにやってくる。母アリソンが訓練で家を空けるため、旅行をすることになった2人だったが……。

SIGSAWA's Comment

翌年、今まで通り3月発売で、世代の進んだ新シリーズとして登場!　通称リリトレ。もちろん前作を書いていた頃から考えていた話で、子世代も親世代もそれぞれ大活躍、という想定で書き始めたのですが——、いやもう大人になった親世代が無敵過ぎて、どうしたもんかとあれこれ悩んだものです。上下分冊ですが、ここから数字は増えて、サブタイトルは同じにしています。

リリアとトレイズII

そして二人は旅行に行った〈下〉

発売:2005年5月10日

<Story>

旅行先の2人は、たまたま乗った遊覧水上飛行で湖に不時着していた飛行機のパイロットに発砲されてしまう。彼らが知らずに巻き込まれた事件とは——!?

SIGSAWA's Comment

でもってこちらが下巻。出てくる大型飛行艇ですが、初期段階プロットでは、飛行船(あの、でかくてフワフワ浮かんでいるアレですね)のはずでした。飛行船の操縦方法が全然分からなかったのと、よりコンパクトなアクションにするための変更です。うん、結果オーライです。アリソンが活躍しすぎな感じですが、個人的にはトレイズが一番頑張ったと思います。

リリアとトレイズⅢ

イクストーヴァの一番長い日〈上〉

発売:2006年3月10日

<Story>

冬休み。リリアとアリソンはトレイズに招かれ、湖畔の別荘で年越しをすることに。気を利かせたアリソンが一人街に出て、2人きりの大晦日になるはずだったが!?

SIGSAWA's Comment

Ⅲ巻にして、リリトレのセカンドエピソード開始です。舞台は年末のイクストーヴァ。アリソンとリリトレシリーズは、飛行機、雪山、長距離寝台列車と、各エピソードの舞台を完全に踏襲してます。雪に閉ざされた閉鎖空間というシチュエーションが、私は好きなのです。寒いの苦手ですけど。

リリアとトレイズⅣ

イクストーヴァの一番長い日〈下〉

発売:2006年5月10日

<Story>

リリアとトレイズの穏やかなはずの新年休暇は一変！　2人はイクス王国を襲った犯罪への反撃を開始するが、事態はなかなか望む方向に進まなくて……。

SIGSAWA's Comment

そして下巻！　書こうと思っていた狙撃銃同士のバトルが描けて、実に楽しかった！　アリソンⅡでほったらかしにした伏線も、ちゃんと回収しましたよ。アリソンⅡを書いていた頃、ここまで考えていたかって？　そりゃあもちろんしっかりと、それなりに、おおまかに、そこそこ。ほら、書いてみなければ分からないことってあるじゃないですかー！

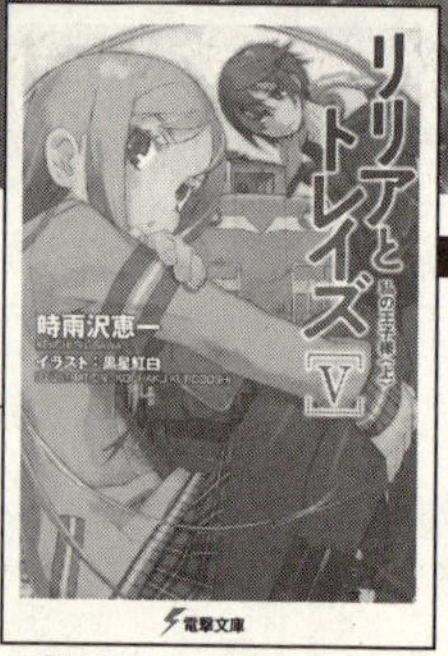

リリアとトレイズV
私の王子様〈上〉

発売:2007年3月10日

<Story>

春休み。トレイズにはある国への婿入りの話が出ていた。一方、リリアはアリソンと列車での旅に出かけるのだが、実はその旅行は仕組まれたもので……。

SIGSAWA's Comment

とうとうリリトレ最終話開始！　アリソンIIIに倣って、舞台は鉄道です。線路は続くよどこまでも。いろいろな人間を乗せた寝台列車の鉄道旅は、ロマンがあります。取材の名目で寝台列車も乗れますしね。あ、これ内緒です。この巻には、セロンが名前だけ登場してますね。

リリアとトレイズVI

私の王子様〈下〉

発売:2007年4月10日

<Story>

婿入り話の相手の、観光案内役を引き受けるはめになっていたトレイズ。しかも相手の護衛はトラヴァス少佐で……。皆を巻き込んだクライマックス・エピソード!

SIGSAWA's Comment

リリトレとしての最終エピソード! これだけは、4月に出てます。連続刊行! 話としては、ドンパチがあって、飛行機が飛んで、謎が分かって、てんこ盛り。書いていて楽しかったです。最後のシーンあたりを書いていた頃は、ちょっと感極まってうるうるしていたことは内緒です。作品内の時間的な流れとしては、『一つの大陸の物語』はこの直後になります。

『アリソン』『リリアとトレイズ』『メグとセロン』
"一つの大陸の物語"シリーズ
Playback

天然系少女メグに恋するセロン。
そんな2人を中心に、
なぜか騒動に巻き込まれてばかりの
新聞部メンバーが大活躍する学園物語！

メグとセロン

2008年～2012年　全7巻

メグとセロンI

三三〇五年の夏休み<上>

発売:2008年3月10日

<Story>

親友ラリーの誘いで演劇部の合宿に参加したセロンは、メグと仲良くなるため苦心していた。そんな中、学校敷地内にある、今は使われていないはずの倉庫の地下に人影を見つけ……。

SIGSAWA's Comment

人生初スピンオフ小説！　通称メグセロ。それまでの脇役だったメグと、リリトレには名前しか出てこなかったセロンが活躍です。実はセロンは企画当初、モテない地味な少年でした。それでは面白くないかなと、今のようなハンサムモテモテボーイ（でもヘタレ）になったのです。このシリーズは、クールなセロンのダメダメっぷりを楽しんでいただけたら幸い。お金持ち学園生活を書けて嬉しかったです。リリトレではちょっとしかなかったので。

メグとセロンII

三三〇五年の夏休み<下>

発売:2008年5月10日

<Story>

夏休み。演劇部の合宿に手伝いで参加した新聞部メンバーは、謎の人物が潜んでいるらしい倉庫へと探索に乗り出す。果たして謎の人物とは—!?

SIGSAWA's Comment

そして下巻です。メグセロシリーズは、時間的にはリリトレと同じ、言わば「同じ頃、彼等は何をやっていたのか」なので、世界がいっそう広がって、書いていて楽しかったですね。当初のプロットでは、連中は地下の迷宮で数日を過ごす予定でしたが、話の展開上無理がありすぎてボツにしました。ラストも、セロンが槍を投げて相手を倒すなんてシーンが頭の中にあったんですけどね。「セロンの槍」に引っかけて。セロンの名前はそこから取りました。

メグとセロンⅢ
ウレリックスの憂鬱

発売:2008年7月10日

<Story>

演劇部の合宿中、新生"新聞部"に、演劇部の副部長から"ある物"を捜して欲しいという依頼が持ち込まれる。捜索に乗り出したメンバーだったが……。

SIGSAWA's Comment

立て続けに出たⅢ巻。メグセロは、新シリーズとしてスタートダッシュしたかったので、3冊を一月おきで連続して出せるよう頑張りました。おかげでこの年は『学園キノ』が出なかったのです。サブタイトルは、昔『キノの旅』の中で使った架空の本の名前。当時特に悩まずに思いついたタイトルが、こんなところで使えるとは。余談ですが、今住んでいる一軒家に引っ越して最初に書き上げた小説がこれです。私は、割と引っ越し好き。

メグとセロンⅣ

エアコ村連続殺人事件

発売:2009年3月10日

<Story>

エアコ村の別荘に集まった新聞部メンバー。部長ジェニーの号令で、メグとペアになって写真を撮るセロン。しかし、ある家の前でメグが写真を撮ると言いだして……。

SIGSAWA's Comment

サブタイトルにもある村の名前にとても悩み、ふと見上げたら部屋の壁でエアコンが唸っていたから「エアコ村」と名付けた衝撃の事実をここで白状しておきます。さて、部活といえば、合宿ですよね。みんなでワイワイと合宿で過ごす楽しさ。そして事件。新聞部は6人いるので、全員の見せ場を書くのは大変ですが、4人だとちょっと少ないかなと。次回作は5人にするかな？　男子×2、女子×3で。

メグとセロンV

ラリー・ヘップバーンの罠

発売:2010年3月10日

<Story>

セロンの親友、ラリーになんとラブレターが!?　戸惑いつつも送り主の女の子に会うことにしたラリーだったが、思わぬ展開に新聞部一同騒然としてしまい――。

SIGSAWA's Comment

たまにはラリーが主役だっていい、そう思って書いた作品。作中でモテないと書かれるラリーですが、男気溢れるいいヤツですよ。最後まで格好良かった。作中に腕時計が出てきますが、モデルになった数十万円する機械式腕時計がやたら欲しくなってしまって、必死になって思いとどまりました。私はやっぱりクオーツが好き。

メグとセロンⅥ

第四上級学校な日々

発売:2011年3月10日

<Story>

新聞部のみんなで学校主催のオリエンテーリング大会に参加し、ある事情から1位を目指すことになったのだが――!?　他、中編1本・短編2本を収録。

SIGSAWA's Comment

4つ入っている話の全て人称が違うという、かつてない実験的なことをやった一冊でした。おかげで書くのがさらに大変で、今まで以上に〆切ギリギリでした。そして、最後の最後に、今までやらなかった次巻への「引き」を書いたので、「ぐは!　これで1年待たせるのか!」との悲鳴に似た感想を読者さんからいただいてしまいました。実際には、1年2ヶ月お待たせすることになってしまったのですが……。そしてこのシリーズは、エピソード3つでは終わらず、結局Ⅶ巻まで出ることになりました。

メグとセロンⅦ
婚約者は突然に

発売:2012年5月10日

<Story>

ある手紙をきっかけに、セロンの気持ちが気になったメグは、直接確認してみることに。それが、まさか新聞部を巻き込んでの「大変なこと」に発展するとは——!

SIGSAWA's Comment

メグセロとしての最終エピソード! アリソンの発売から10年でキッチリ終わらす予定でしたが、発売が5月に延びてしまったのがとても残念でした。あとがきにも書きましたが、執筆中に人生最大の大怪我を負ったので致し方なかったのです。治ってから書いて、やっぱり〆切ギリギリで、最後の方は1日1章のハイペースでした。無事に終わったときは心底ホッとしました。セロンもメグも、幸せになってくれと、作者は願ってやみません。そして、『一つの大陸の物語』へと繋がるのです。

◉時雨沢恵一著作リスト

「キノの旅　the Beautiful World」（電撃文庫）
「キノの旅Ⅱ　the Beautiful World」（同）
「キノの旅Ⅲ　the Beautiful World」（同）
「キノの旅Ⅳ　the Beautiful World」（同）
「キノの旅Ⅴ　the Beautiful World」（同）

「キノの旅Ⅵ　the Beautiful World」（同）
「キノの旅Ⅶ　the Beautiful World」（同）
「キノの旅Ⅷ　the Beautiful World」（同）
「キノの旅Ⅸ　the Beautiful World」（同）
「キノの旅Ⅹ　the Beautiful World」（同）
「キノの旅Ⅺ　the Beautiful World」（同）
「キノの旅Ⅻ　the Beautiful World」（同）
「キノの旅XIII　the Beautiful World」（同）
「キノの旅XIV　the Beautiful World」（同）
「キノの旅XV　the Beautiful World」（同）
「キノの旅XVI　the Beautiful World」（同）
「学園キノ」（同）
「学園キノ②」（同）
「学園キノ③」（同）
「学園キノ④」（同）
「学園キノ⑤」（同）
「アリソン」（同）
「アリソンⅡ　真昼の夜の夢」（同）

「アリソンⅢ〈上〉ルトニを車窓から」（同）
「アリソンⅢ〈下〉陰謀という名の列車」（同）
「リリアとトレイズⅠ　そして二人は旅行に行った〈上〉」（同）
「リリアとトレイズⅡ　そして二人は旅行に行った〈下〉」（同）
「リリアとトレイズⅢ　イクストーヴァの一番長い日〈上〉」（同）
「リリアとトレイズⅣ　イクストーヴァの一番長い日〈下〉」（同）
「リリアとトレイズⅤ　私の王子様〈上〉」（同）
「リリアとトレイズⅥ　私の王子様〈下〉」（同）
「メグとセロンⅠ　三三〇五年の夏休み〈上〉」（同）
「メグとセロンⅡ　三三〇五年の夏休み〈下〉」（同）
「メグとセロンⅢ　ウレリックスの憂鬱」（同）
「メグとセロンⅣ　エアコ村連続殺人事件」（同）
「メグとセロンⅤ　ラリー・ヘップバーンの罠」（同）
「メグとセロンⅥ　第四上級学校な日々」（同）
「メグとセロンⅦ　婚約者は突然に」（同）
「お茶が運ばれてくるまでに　～A Book At Cafe～」（メディアワークス文庫）
「夜が運ばれてくるまでに　～A Book in A Bed～」（同）
「答えが運ばれてくるまでに　～A Book without Answers～」（同）

本書に対するご意見、ご感想をお寄せください。

■

あて先

〒102-8584 東京都千代田区富士見1-8-19
アスキー・メディアワークス電撃文庫編集部
「時雨沢恵一先生」係
「黒星紅白先生」係

■

電撃文庫

一《ひと》つの大陸《たいりく》の物語《ものがたり》〈上《じょう》〉

〜アリソンとヴィルとリリアとトレイズとメグとセロンとその他《ほか》〜

時雨沢恵一《しぐさわけいいち》

発行 二〇一三年三月十日 初版発行

発行者 塚田正晃

発行所 株式会社アスキー・メディアワークス
〒一〇二-八五八四 東京都千代田区富士見一-八-十九
電話〇三-五二一六-八三九九（編集）
http://asciimw.jp/

発売元 株式会社角川グループパブリッシング
〒一〇二-八一七七 東京都千代田区富士見二-十三-三
電話〇三-三二三八-八六〇五（営業）

装丁者 荻窪裕司（META＋MANIERA）

印刷・製本 旭印刷株式会社

ISBN978-4-04-891438-3 C0193

電撃文庫創刊に際して

文庫は、我が国にとどまらず、世界の書籍の流れのなかで〝小さな巨人〟としての地位を築いてきた。古今東西の名著を、廉価で手に入りやすい形で提供してきたからこそ、人は文庫を自分の師として、また青春の想い出として、語りついできたのである。

その源を、文化的にはドイツのレクラム文庫に求めるにせよ、規模の上でイギリスのペンギンブックスに求めるにせよ、いま文庫は知識人の層の多様化に従って、ますますその意義を大きくしていると言ってよい。

文庫出版の意味するものは、激動の現代のみならず将来にわたって、大きくなることはあっても、小さくなることはないだろう。

「電撃文庫」は、そのように多様化した対象に応え、歴史に耐えうる作品を収録するのはもちろん、新しい世紀を迎えるにあたって、既成の枠をこえる新鮮で強烈なアイ・オープナーたりたい。

その特異さ故に、この存在は、かつて文庫がはじめて出版世界に登場したときと、同じ戸惑いを読書人に与えるかもしれない。

しかし、〈Changing Times,Changing Publishing〉時代は変わって、出版も変わる。時を重ねるなかで、精神の糧として、心の一隅を占めるものとして、次なる文化の担い手の若者たちに確かな評価を得られると信じて、ここに「電撃文庫」を出版する。

1993年6月10日
角川歴彦